JN062866

大潟村一農民のあれこれ

佐藤晃之輔

八郎潟 中央幹線排水路

大規模農業に思いをはせ
祝沢を離れたのは
昭和44年(1969)11月、27歳の時

夢に見るは大潟の大地ではなく
四季折々に彩られた
東由利の山河

本誌より抜粋

Prologue

佐藤晃之輔

――大潟村一農民――

プロフィール

山一つない平らな大地・大潟村に防風林として生長の早いポプラが植えられた。当時小さかったポプラは今では高木に育ち、広大な田園に何処までも続くポプラ並木の景観は、ヨーロッパのような景観をつくっている。

写真／大潟村の海潟の朝景

祝沢分校は児童数の減少で昭和53年閉校となった

教室が一つで、1年生から6年生まで1人の先生が受け持っていた。5年生であった昭和28年（1953）11月、ようやく電灯がともった。

PROLOGUE 1

故郷を離れて

——祝沢集落を離れ、大潟村へ——

筆者は、昭和17年（1942）、由利郡東由利町（現由利本荘市）老方字祝沢の農家の長男に生まれる。東由利村立老方小学校祝沢分校に学び、昭和37年、高校を卒業した後、農業に従事。

同年11月、祝沢から十数㎞離れた集落にある東由利村立法内小学校高村冬季分校の代用教員となる。二十歳。この分校に44年3月まで7期間勤めた。子供たちと走り回り、親たちと触れ合った高村は第二の古里となる。

■工藤賢一さんとの出会い

同時期に代用教員として採用された工藤賢一さんとは7年間、教員室兼宿直室で、二人で自炊をしながら20数名の子供たちと過ごす。夜になると農業について語り合い、山間の農業の行く末に危機感をもっていた二人が出した結論が八郎潟干拓の入植であった。

第四次入植選考に合格、大潟村入植のため古里を離れた。昭和44年（1969）、27歳であった。

高村分校の子供たちと筆者

分校の子供たちから
訓練所に手紙が届けられた。

「寒い中、トラクターの練習をしていますか。
がんばってください」
「先生、お嫁さん見つけましたか。
今度来るとき、
嫁さんを私たちに見せてね」
……などなどが書かれていた。
純真な子供たちの文面は、
沈みがちな私の心を
大いに力づけてくれた。

（本誌より抜粋）

青年時代耕作していた田んぼ跡地（平成18年時）

PROLOGUE 2

探訪のはじまり

―離村記念碑と出合う―

昭和58年（1983）、上小阿仁村の萩形ダムを訪れた際に離村記念碑に出合う。これが集落巡りの始まりであった。碑文に刻まれた移転先を頼りに車を走らせ、萩形からの移転者の中の一人に会うことができた。そして一冊の冊子を貸してくれた。

「それは『萩形の変遷と教育』という上小阿仁村教育研究所発行のもので、集落の草創から全戸移転に至るまでの総集であった。幾百年来の集落の終焉――。読み終えた私は、この地に生き、そして還っていった人々のことを思い、感動を抑えることができなかった。これ以来、私の「消えた集落」に対する思いが募り、県内探訪が始まった。（本誌より抜粋）

平成元年から本格的に調査を開始し、このまとめ「消えた集落」を秋田魁新聞「文化欄」に投稿し、採用された。平成7年（1995）、53歳の時であった。それ以来、新聞や雑誌に寄稿を重ねる。

かつては子供たちの歓声が谷間に響いていたことなど想像すらできない。ススキに覆われた碑を前に、呆然と立ち尽くした。この萩形での残像が私の脳裏に焼き付いて離れなかった。（本誌より抜粋）

農作業の合間を縫ってハンドルを握り、県内を走る。出会いや発見に満ちた探訪の数々。その探求心の対象は、「開拓地の人々」、「廃村集落」、「分校」、「校歌」、「歴史文化の考証」、「先人のメッセージ」、「農政」……など多岐の分野にわたる。

開拓を偲ぶ——今も残る住居跡

一里塚、道祖神…道の歴史を探る

誰が、いつ、何のために…首の切られた地蔵尊

親の仕事場と共に場所を移る分校

地域に眠る宝もの
150年を超える年月を経ても
色のあせもない古書「玉米郷(とうまいごう)三拾六歌」

私たちの周りに目を転ずると
失われてしまったものが多くある。
消えゆくものを保存、
または記録に残していくことが、
今を生きる私たちの
役目ではないかと考える。

（本誌より抜粋）

はじめに

私が書くことに興味を持つようになったのは平成元年である。激動の昭和が終わり、平成の新しい時代を迎え、世の中は明るいムード一色に包まれていた。秋田魁新報社では「私の昭和史」という特集を組み、原稿を募集していた。これに触発され、私も47歳の半生をつづってみた。

幼少期から大潟村への入植までの歩みを拾ってみたら、色々なことが出てきた。結局、長過ぎたので、新聞社には送らなかった。この時から、折々の出来事を記録しておくことが大切だと思うようになり、書きとどめるようにしてきた。

私の拙文「消えた集落」が採用され、秋田さきがけ紙の文化欄に掲載されたのは、平成7年（1995）52歳の時である。自分の文が初めて活字になった時の感動は今も忘れられない。それ以来、新聞や雑誌に度々投稿してきた。

この度、これをまとめてみたら結構な量になっていたので、この足跡を「大潟村一農民のあれこれ」として発刊することにした。

それぞれ独立した内容なので、どの項目からでも目にしていただければ幸いである。

大潟村一農民のあれこれ　目次

Chapter 1

第一章　秋田魁新報「文化欄」

消えた集落
――県内各地を訪ね歩いて――

No. 1

数年前、上小阿仁村の萩形(はぎなり)ダムを訪れる機会があった。数日前までは、にぎわっていたと思われるキャンプ場も、お盆が過ぎ去ったその日は人影もなく、ひっそりと静まり返っていた。このキャンプ場からやや上流に進んだ所で「供養塔」と書かれた碑に出合った。さらに２００ｍほど進むと「離村記念碑」と刻まれた大きな碑が立っていた。

ここに生活していた人々が離村し、無人となってしまった集落跡であることを直感した。平地にはまだ夏が残っていたが、萩形は一面ススキが波打ち、すっかり秋のたたずまいとなっていた。

　つい20年前までは、38戸の人々がここで暮らし、小・中学校の分校もあったという。かつては子供たちの歓声が谷間に響いていたことなど想像すらできない。ススキに覆われた碑を前に、呆然と立ち尽くした。


　この萩形での残像が私の脳裏に焼き付いて離れなかった。「移転先　五城目町24戸　上小阿仁村8戸……」38戸が各地に四散したことを示す碑文が忘れられなかった。

　刈り入れが終わってすぐ、私は五城目町へと車を走らせた。萩形からの移転者に会うためであった。名前も所も分からず、当てのない試みであったが、意外にも2、3カ所回っただけで、その中の一人に会うことができた。

　突然の訪問にもかかわらず、奥さんともども温かく迎えてくれた。今では移転地の生活にすっかりなじんでいる様子で、かつての萩形での生活や移転にまつわる話題をひとしきり語ってくれた。そして「萩形について詳しく知りたいなら」と、一冊の冊子を貸してくれた。

　それは『萩形の変遷と教育』という上小阿仁村教育研究所発行のもので、集落の草創から全戸移転に至るまでの総集であった。幾百年来の集落の終焉(しゅうえん)――。読み終えた私は、この地に生き、そして還(かえ)っていった人々のことを思い、感動を抑えることができなかった。これ以来、私の「消えた集落」に対する思いが募り、県内探訪が始まった。

今や農村では「過疎」という厳しい現象が進行している。このようなことは、いつ頃から始まったものであろうか。辞書に過疎という言葉が登場するのは昭和40年代半ばで、日本の高度経済成長と軌を一にする。

同35年、時の池田勇人内閣は所得倍増計画を打ち出した。この時期、私は高校生だった。農村ではまだ二・三男対策が叫ばれており、ふるさとの山村は貧しかった。貧しくても、そこには活気が満ちていた。若い人たちがたくさんおり、農作業や山仕事でにぎわっていた。地酒を酌み交わし、人生や社会を論じ合う人々の姿は生き生きとしていた。

所得倍増――。明るい希望の膨らむこの言葉に青年たちは大きな期待を寄せたのであった。高度成長の波は、あっという間に農村にやってきた。数年で村の様相は一変する。首都圏への就職や出稼ぎが年々増え、人々がどんどん村から出ていった。ついには家族ぐるみで移転する挙家離村まで相次ぐようになった。

村から若者の姿が消え、炭焼きや薪出しなどの山仕事も廃れていった。地方から大都市へ、郡部から市部へ、山間地から町部へと地滑りのように人間が押し出され、最上流部の村落は生活が脅かされるほどの深刻な状態、いわゆる過疎に陥ったのであった。

そして、長年住み慣れた奥地の集落から、一戸、また一戸と離れていき、果ては無人となり、幾百年間ともり続けた灯が消えるという結末を迎えることになるのである。

高度成長は「豊かさ」という貴重なものを我々にもたらしてくれたが、同時に農山村から多くの人々を奪い、多くの集落を消し去ってしまうことにもなった。

昭和44年、県は「集落再編成事業」に着手した。国が制定した「過疎法」による施策の一つで、山村地域の分散している小集落を移転統合し、生活環境の整備を図ることを狙いとしたものであった。

県では遠隔地や山間地の小集落を対象に集団移転事業として施策を進め、同51年まで実施した。折から挙家離村が進行しつつあったので、この事業の適用を受ける集落も多く、各地で集団移転が行われた。

この移転事業の詳しい内容を知りたいと思い、各町村役場に問い合わせてみたが、20年の歳月が経過しており、これを正確に知る人が少なく、資料も手元に残っていないというのが大方であった。

鷹巣町では6集落が再編成事業によって集団移転している。いずれの地にも移転記念碑が建立されている。この一つ、門ヶ沢集落跡には次のような内容の碑文が刻まれている。

「ここ門ヶ沢の地には、三百年前頃から農林業により生計を立てた人たちが居住していた。しかし、町の中心部から遠く交通の便に恵まれず、そのうえ地元での農林業による収入の減少と、生活様式の変化に対応するにはこの地は不便であった。集落の近代化と住民の均衡ある福祉の向上を図ろうとする町の要請に基づき、住民協議のうえ県・町の特別措置を受け、昭和四十八年、新しい土地を求めて十世帯がこの地を離れた。これを後世に永く伝えるため、この碑を建立する」

この言葉は門ヶ沢集落のみならず、県内の集団移転事業のあらましをよく言い表しているものと思う。

昭和30年代から現れ出した集落の無人化。果たして本県ではいくつの集落が消えたのであろうか。農閑期を中心に、地図を片手に県内を走り回った。聞き込みを頼りに移転者を訪ね歩き、積もる話をいろいろうかがうとともに、集落跡地にも足を運んだ。

集落跡地が確認できないほど草木が生い茂り、全く面影をとどめていない所、家々がそっくり残されており、すぐにでも往時の生活がそのまま再現できそうな所、その姿はさまざまであったが、どの土地にも共通するのは深い緑と静寂であった。

この6年間の私の調べでは、124の集落が県内から消えている。

集落再編事業による移転が70、1戸2戸と村を離れて自然消滅した集落が40、ほかに危険区域という移転やダム建設によるものなどがあった(鉱山集落、戦後の開拓入植集落を除いた。2戸以上の集落、戦後の移転を対象とした)。

集落の崩壊は今も進行している。今年に入っても県南の1集落で最後の1戸が山を下り、無人の谷間となった。


3年前、森吉山ダム建設に伴う198世帯の移転が大きなニュースになったことは記憶に新しい。このような大移転は活字や映像によって報じられるとともに、移転記念誌や廃校記念誌といった記録も作製され、後々まで伝えられることになる。

しかし、わずか数戸の奥地集落の移転は、人知れずひっそりと山を下りるというケースが多

萩形集落跡の離村記念碑

かったのではなかろうか。そして、今では集落の名前さえ人々の記憶から消え去ろうとしている。

いかに小さな集落であっても、そこには深い歴史が刻まれている。私が訪ね歩いた124集落の中にも、先祖が落ち武者であったという言い伝えがなんと多かったことか。平家の落人、平泉の落人、関ヶ原の落人と、どれもが歴史ロマンを秘めたものであった。

消えた集落124の歴史を風化させないため、移転記念碑の建立や移転記念誌の作製を提唱したい。記念碑については鷹巣町、上小阿仁村が全集落に実施済みである。藤里町では平成5年から手掛けている。ほかに移転者有志によって建てられた所が6集落ある。

一方、記念誌の方は上小阿仁村三つ、合川町一つ、藤里町一つの5集落だけであり、多くの集落の記念碑、記念誌はいまだに作られていない。県や関係市町村の力によって、ぜひ実現されることを望みたい。

この6年間、私は移転した多くの人々と会うことができた。新しい土地にしっかりと根を下ろして活躍しており、そのたくましい姿に敬服の思いを深くした。

平成7年（1995）11月24日掲載／53歳

＊離村記念碑との出合いは、昭和58年だった。私の集落巡りの始まりであった。

No. 2

カタツムリ学校のこと

――鹿角市小国分校を偲ぶ――

戦後の県内には百を超える分校と称する山の学校があった。しかし、昭和40年代から50年代にかけて廃校となり、ほとんどが姿を消してしまった。

この中に「カタツムリ学校」と呼ばれた異色の分校があった。十和田湖付近の国有林にあり、大湯小学校小国（おぐに）分校が正式の名称である。昨年の夏、鹿角市花輪図書館で目にした『大湯小学校百年誌』によって、初めて私はその存在を知った。

戦後の炭焼きが盛んだった頃、毛馬内（現鹿角）営林署が青森県境近くの小国地区に事業所を設け、多くの従業員を家族とともに入山させ、製炭を行った。この子弟の教育のため、営林署が建てた学校であった。

一つの山の木を切り尽くすと、別の山に仕事場を移した。山から山へと移動する生活は流浪の民という言葉が連想されるようなものであった。分校も事業所の後を追って移動した。昭和31年、ＮＨＫラジオから「カタツムリ学校」というタイトルで全国に紹介され、話題を呼んだという。

小国分校は昭和24年に開設され、同33年に閉校になっている。10年足らずの歴史だった。雪と大自然に囲まれた、海抜６００ｍの地での暮らしには、さまざまなドラマがあったに違いない。私は強い興味を覚えた。分校で学んだ子供たちは、そして教鞭を執った先生たちは今、どこでどうしているのだろうか。大湯小学校百年誌を手掛かりに尋ねてみた。

廃校から40年の歳月が流れた今、「カタツムリ学校」のことを知る人は少なかったが、幸い、関係していた3人とコンタクトを取ることができた。成田光男さん、中川康多さん、諏訪哲夫さんである。

鹿角市に住んでいる成田さんからは、直接訪れて話を聞くことができた。昭和24年に小学校に入学し、同33年に中学校を卒業したというから、ちょうど小国分校と歩みをともにしたことになる（大湯中学校の分校も併設されていた）。くしくも私と同年であったこともあり、大いに話が弾んだ。

中川さんは昭和33年、小国分校に幕が降ろされるのを教師として見届けた一人である。現在、岐阜県可児市に住んでいる。便せん10枚にびっしり書かれた便りと廃校記念アルバム、分校のことが書かれた週刊誌や新聞のスクラップなどを送っていただいた。

手紙には、ベル代わりに板木を木槌で打った分校生活のことや「山奥で学ぶ」という県政ニュース映画が作られたこと、その映画を見るため、子供たち父母と一緒に一日がかりで毛馬内の映画館に行ったことなど、多くの思い出がつづられていた。

映画は県の広報課が制作したもので、県内各地で上映された。33年7月12日付の秋田魁新報には「県政ニュース第十三号の〝カタツムリ学校〟と呼ばれる特殊な辺地校は、まさに掘り出し物だった」と紹介されている。

諏訪さんはＮＨＫ秋田放送局に勤めていた昭和31年に「カタツムリ学校」を取材した方である。現在は鎌倉市に住んでいる。諏訪さんからも懇切丁寧な便りと写真をいただいた。

教育には素人であったが、地域、教師、子供の人間的触れ合いが密な小規模校にこそ教育の原点があるのではないかと考え、秋田、仙台、東京と転勤したいずれの地でも山の学校を多く取り上げ、番組作りに力を入れたという。手紙には「中でも、エデンの園ともいわれる迷ケ平（まよいがたい）の大自然の近くにあった小国分校の別天地のような魅力が今も印象に残っている」とあった。

小国分校の歩みを要約すると次のようになる。▽昭和24年7月31日＝大湯小学校冷川分校として開設。場所は東津久保沢。木炭倉庫を改造して校舎とする　▽同24年11月28日＝木造杉皮ぶき15坪の校舎完成。小国分校と改称　▽同27年12月4日＝６㎞離れた小国地区に移転　▽同29年10月27日＝12㎞離れた冷川地区に移転。校舎は木造杉皮ぶき18坪　▽同33年9月30日＝小国分校閉校。小学生４人は中滝小学校へ、中学生３人は大湯中学校に転入となり、９年２カ月の校史を閉じる。

小国分校校舎と閉校時の記念写真（「廃校記念アルバム」から）

廃校記念アルバムには5月6日に撮った深い残雪の写真が載っている。電気も電話もない、乏しい施設で学んだ小国分校の子供たちは今、全国各地でたくましく生きている。半年間に及ぶ雪との闘い、厳しい自然。こうした環境の中で、生きるために働くことの大切さを学び、何事にも敢然と立ち向かうハングリー精神がはぐくまれたものと思う。

真の教育とは何かをあらためて考えさせられた。

平成9年（1997）2月7日掲載／54歳

＊映画・県政ニュースは県立図書館でいつでも閲覧できる。この中には「山奥で学ぶ」も入っている。

No. 3

子供たちの成長願う
——県内唯一の田代冬季分校——

いつも雪の季節になると、冬季分校の子供たちのことが思い浮かぶ。

去る12月2日、青森県境近くにある鹿角市立中滝小学校田代分校が開校し、現在、7人の子供たちが分校生活を送っている。戦後の県内には32の冬季分校（単独校）があったが、今では田代分校1校だけとなった。

冬季分校とは、積雪のため通学困難な地域に12月（地区によっては11月）から翌年の３月末まで開かれる分校である。舗装道路の整備、除雪の進歩など交通事情の好転により、昭和40年代後半から50年代にかけてほとんどの冬季分校が姿を消した。

昭和30年代に私は古里・東由利町の冬季分校に数度勤務したことがある。もう40年も昔のことになるのに、冬季分校の名を聞くと懐かしさが募ってくる。

懐かしさに駆られ、『秋田・消えた分校の記録』の取材のとき以来、３年ぶりに田代分校に向けて車を走らせた。校庭は、うっすらと新雪に覆われていた。久しぶりに訪れた小春日和に照り映え、分校の開校を祝っているかのようであった。

田代分校は本校から９㎞離れた標高５００ｍの十和田高原の中にある。地区は田代平と呼ばれる広大な牧草地が広がり牧歌的ムードが漂う。しかし、冬季は積雪２ｍ、氷点下20度にもなるという厳しい自然条件下にあり、荒天の日にはスクールバスの運行が難しい日もあるので、分校が開かれている。

玄関から体育館に通ずる廊下には、開拓と分校の年表が一面に張られている。開拓の歴史をいつまでも伝えたいという地域の人たちの願いが込められていることが感じ取れる。年表から主なものを挙げてみる。

▽昭和22年から25年にかけて、新天地を求めて山形県、新潟県、北海道、そして地元から70人を超える人たちが集まり開拓が行われた。当初はテントによる共同生活で、開墾鍬一つによる作業だった　▽同26年4月1日、大湯小学校田代分校が開校（児童数23人）▽同29年、大湯中学校田代分校が併設される　▽同32年、二つの農協が合併して十和田開拓農業協同組合が誕生。組合員数が70人（戸）で、この頃数年が最盛時であった。分校の児童・生徒数は70人を超えた　▽同33年、乳牛を導入して酪農をやる人たちが増え、次第に酪農地帯への道を歩むことになった　▽同36年、国の無電灯地区解消の政策で、風力発電が開始される　▽同39年、地区に電話が開通　▽同48年5月、田代分校閉校式を行う（中学校も同時閉校）▽同48年10月、待望の電気が開通する　▽同48年12月、冬季分校がスタートする。

厳しい開拓事情と、時代の変化により、昭和40年代から年々離農者が増え、現在は20戸ほどが酪農の大規模経営に夢を抱いて頑張っている。

今冬の開校式は本校の児童10人も出席して行われた。北舘隆雄校長のあいさつの後、分校児童7人が自己紹介をしながら、「勉強やスキーを頑張りたい」「勉強の分からないところは教えたりして下級生の面倒をみる」と抱負を披露。最後に「荒れ地を開いた父母の、くじけぬ心受け継いで……」の一節が入った校歌を斉唱して幕を閉じた。

分校は3、4年生と5、6年生の複式2学級（1、2年生の在籍なし）。分校勤務は初めてという若い男性の先生2人が、住み込みで担任する。分校が我が家となり、子供たちと家族のような生活が始まる。

子供たちに家庭での生活について尋ねたら、「牛の世話などを手伝う」「雪かきを毎日する」と、うちの手伝いについて触れた子供が何人かいた。酪農家の朝は早い。懸命に仕事に打ち込んでいる家族の姿を目の前にしていると、子供たちには手伝いをしようとする心が自然にわいてくるのであろう。

分校も、家庭も、地域も、みんなで力を合わせて生きていかなければならないことを子供たちは身に着けているのである。今、子供の心が問題視されているが、田代の子供たち

平成14年12月の分校開校式

には心の心配など必要がないことだと感じた。7人の子供たちは、春には一段とたくましく育っているだろう。

平成15年（2003）1月29日掲載／60歳

＊取材ということで開校式に臨んだのであったが、来賓席に整列されて「分校研究家」と紹介された思い出が残っている。

No. 4

湯ノ岱開拓を偲ぶ

――今も残るブロック造りの住宅跡――

戦後60年という節目の今年は、戦争に関したことだけでなく、いろいろな面から戦争が検証、または語られたものと思う。戦後開拓も伝えたい大切な戦後史の一つである。

昭和20年（1945）8月、終戦により国内は深刻な食糧不足に陥った。この解決策として、11月に政府は緊急開拓事業を閣議決定し、開拓地への入植を行った。文献によると、この事業で入植したのは全国で21万戸、秋田県では4700戸であったという。

我々の先祖は、耕地になるような場所があれば、猫の額（ひたい）ほどの面積でもすべて田畑に替えてきた。したがって、残っているのは、農耕地として人々から振り向かれなかった山間地や荒れ地であった。入植者たちはこの未開の荒野に入り、開墾鍬一つで挑戦したのである。敗戦の物資不足から衣類も乏しく、ランプ生活での開墾はどれほど苦労が伴ったことか、飽食時代を生きる今の私たちには想像を絶するものであったと思う。

昭和48年（１９７３）に秋田県が発行した『戦後開拓のあゆみ』に、県内２７５地区の開拓の沿革が記録されている。これを基に、県内を一通り尋ね回ったところ、立地条件の劣悪さなどにより、70を超える地区が離農・移転していることが分かった。

この中の一つに湯ノ岱開拓がある。『戦後の開拓のあゆみ』に「田沢湖線田沢湖駅北東15㎞、現在の田沢湖温泉郷近傍に位置し、標高５５０ｍ、一般に急傾斜地帯をなしており条件不良である。入植状況は昭和28年、地元二・三男など4戸が1戸平均４haの土地配分を受けて入植し、当初は大小豆・雑穀を続け、その後、家畜の導入を図るなど経営向上に取り組んだが、昭和35年全戸離農となった」と記載されている。

この開拓地は現在どのような状況で、入植者たちは今、どこにいるのだろうかということに私は興味を覚えた。平成13年（２００１）秋、開拓地に最も近かったと思われる高野集落で聞き取りを行ったり、年配者に尋ねたりしたが、鶴の湯温泉方向に所在したということをつかめただけで、入植者など詳しいことを知っている人には会うことができなかった。

その後、旧由利町（由利本荘市）にあった西由利原開拓（昭和35年、20戸入植。同48年移転）を調べるため移転者巡りをしていたところ、偶然、煤賀セイ子さん（由利本荘市石脇）、照井エツさん（大仙市大曲）の2人の元湯ノ岱住民を知った。

煤賀さんと照井さんは35年、湯ノ岱開拓に見切りをつけ、夫ともに西由利原開拓に入植替えしたのであった。

2人の話によると、湯ノ岱に入植したのは5家族であったが、ほかの家族については消息が分からなくなってしまったという。

煤賀さんは昭和9年（1934）、照井さんは11年、ともに大仙市大曲近郊で生まれた。そして、煤賀さんは同31年（1956）に、照井さんは翌32年に、縁あって湯ノ岱開拓の独身入植者に嫁いだ。現在、煤賀さんの夫は長期入院中、照井さんの夫は亡くなり、入植初期の頃の話は聞くことができなかった。

煤賀さんは「町で育った私は山のランプ生活に慣れるのに苦労しました。11月になると根雪となり、5月まで雪が消えない厳しい環境でした。高冷地のため陸稲も十分実らないという状態でした」と、エツさんは「大豆や小豆では生活できず、炭焼きに頼る毎日でした。時々、鶴の湯温泉に入りにいくのが一番の楽しみでした」と追憶に浸った。

「ブロックの住宅跡が今も残っているはず」との2人の話を手掛かりに、今年8月、湯ノ岱開拓地探しに向かった。

乳頭温泉郷に延びる県道を左に分岐し、鶴の湯温泉方向に1㎞ほど進むと「せんだつがわはし（先達川橋）」があり、付近に鶴の湯別館「山の宿」がある。山の宿の裏手は大きな雑木林が茂っており、その中を鶴の湯温泉まで散策路が整備されている。山の宿から300ｍほど進んだ所で、樹間に立っているブロックの骨組みを見つけることができた。さらに50ｍほど離れて、もう一棟が残っていた。屋根と床はとうになく、住宅の中には草木が生い茂っていたが、ブロックだけは45年の風雪を耐え、そっくり姿をとどめていた。

現在、わが国では年間1000万ｔを超え

今も残るブロック造りの住宅跡

る食べ物が食べ残され、捨てられているという。このような飽食時代がいつまでも続くとは到底思えない。日本の戦後は食糧難との闘いで始まったことを忘れてはならない。

平成17年（2005）11月21日掲載／63歳

二度のダム移転

―秋扇湖、宝仙湖にまたがる逸話―

No. 5

県内にあるダムの中で、9カ所が集落移転を伴っている。山瀬ダム（五色湖）、素波里（すぼり）ダム、森吉山ダム（建設中）、森吉ダム（太平湖）、鎧畑（よろいはた）ダム（秋扇湖）、玉川ダム（宝仙湖）、六郷ダム、南外ダム、大松川ダム（みたけ湖）である。このダム建設によって27の集落が消滅した。

この中の一つ、鎧畑ダムでは、小沢（こざわ）集落が湖底に沈んだ。ここには珍しい事実が秘められている。それは、移転者の中の3戸（世帯）が二度のダム移転を経験したことである。このような例は県内ではここだけであり、全国的にも稀有（けう）なことではないだろうか。

小沢集落は田沢湖町（元仙北市）の中心地生保内（おぼない）から10数km玉川をさかのぼった遠隔地に位置していた。小沢と尻高（しりたか）の2カ所に分散しており、ダム移転時は9戸が生活していた。

この集落の歴史は古く、小沢神社の由来書に「……御神体の裏には、田沢の旧家の千葉与右エ門氏が元禄七年（1694）に奉納したと書かれている……」とある。また、享保15年（1730）の『六郡郡邑記』に「田沢村の支郷、小沢村家数六軒」が記されている。

狭い谷間に5haほどの田んぼを耕作し、炭焼きや山仕事を副業にしたという。

昭和32年（1957）、鎧畑ダム建設により、小沢集落の住民は中仙町（現大仙市）2戸、角館町（現仙北市）1戸、町内6戸（田沢2戸、生保内1戸、玉川3戸）と各地に四散した。安住の地と思い玉川集落に移った3戸・12人は、約20年後の昭和53年、今度は玉川ダムの建設により再移転したのであった。

12人のうち健在者は現在9人で、85歳になる浅利利(とし)さんが最年長者である。とても元気で、長男・勝史さん夫婦と一緒に生保内に近い手倉野集落で暮らしている。

利さんは大正9年（1920）に玉川集落で生まれた。昭和13年、縁あって小沢に嫁いだ。3人の子供に恵まれたが、夫・良一さんが昭和23年に病床に伏し、それから10年ほどして他界するという不幸に見舞われた。幸い義父母が健康であったので協力を得ながら2haの田んぼを耕して子供たちを育てた。

昭和27年（1952）頃からダム建設の話が耳に入るようになった。利さんは単なるうわさに過ぎないと思っていたが、28年に役所の方から正式に話があり、びっくりしたという。

浅利さん一家は移転先を玉川に決めた。利さんは、夫が亡くなった後は生家の近くにいると何かと心強いと思ったからであった。ちょうど同時期に、玉川で2haを超える田んぼを購入できることも後押しした。ほかの2戸は利さんの夫の弟一家と妹一家であり、行動を共にしたのであった。昭和19年生まれの長男の勝史さんは、小学6年生の終わりまで小沢で過ごした。二つの古里が湖に消えた今、時々写真集などを開いて往時をしのんでいるという。「小沢の場合は玉川のように写真集や記録集が作られなかったので残念」と語った。

利さんは「数えの20歳で嫁に来ました。20年暮らしたら、ダム建設のため移転しました。そして、20年後、またダムで立ち退きました。

昭和29年時の浅利さん一家

次の20年目は何が起こるか心配でしたが、何事もなく過ぎてほっとしています」と振り返った。
利さんは40年に民生委員に推され、56年まで地域の人たちの世話をされた。

３００有余年の歴史を持つ小沢神社は新玉川大橋の北側の丘陵地に移し、建物と鳥居を新しくした。毎年９月には、離れ離れになった元住民が寄り合い祭事を行っている。直会（なおらい）の席は家族連れで参加し、昔話に花を咲かせているという。移転後、半世紀にもわたり旧交を温めていることは、二度のダム移転同様珍しいことであり、人々の絆の強さを感じた。

平成18年（２００６）３月３日掲載／63歳

先達官行分校跡を訪ねて

——跡地に欲しい標柱の設置——

No. 6

「8月20日、先達（せんだつ）官行分校閉校する」。旧田沢湖町立田沢小学校（平成16年閉校）、昭和26年度の沿革史の中にある一行である。先達官行分校は、この十数文字の記録しか残っていない、かつて田沢湖の山中に所在した学校である。

平成11年、『田沢小学校百周年記念誌』からこの分校のことを知った。調べていくうちに、

「校名が不祥」「開校年が不明」「山から山を移動」といった特異な分校であることが分かった。

昭和初期の炭焼きが盛んだった頃、当時の生保内営林署が、先達沢国有林内に事業所を設け、家族とともに入山させて製炭を行った。この子供たちのために営林署が建てた学校であった。

しかし、今まで跡地をはっきり覚えている人が見当たらず、分校跡の確認ができないでいた。今春、中島仁吉さん（昭和2年生。仙北市田沢湖田沢住）を偶然知り、11月に入ってようやく跡地調査が実現した。木々の葉がすっかり散った先達沢の山中を、落ち葉を踏みしめながら中島さんと2人で尋ね歩いた。

謎の多いこの学校を考察してみた。

先達官行分校の名称は当時、沿革史を記載した人が便宜的につけた名前のようである。

昭和20年代に田沢小学校に勤務した千田直彦さん（昭和6年生まれ、田沢湖生保内住）は、応援授業で2回ほど分校を訪問したことがあるという。千田さんは「当時、田沢小学校の先生方は〝官行分校〟と呼んでいた」と語る。官行とは国が行うという意味である。県内では営林署の事業のことを官行と呼んでいる地域が多い。

また、昭和24年1月から閉校まで分校の教師を務めた今野清一さん（故人）は、単に〝簡易分校〟と言っていたという（平成12年聞き取り）。今野さんは「校舎、教具などはもちろん、先生も営林署の職員が担当し、営林署直営の学校という感じであった」と振り返った。今野さんも営林署員であった。

昭和22年4月の学制改革により、公立の学校の管理下になったが、正式な名称を付けるなど軌道に乗る前に閉校に至ったものではなかったかと想像される。

中島さんは阿仁町（元北秋田市）で生まれ、昭和12年（1937）に両親と山形県にあった鉱山に移ったが、閉山により同15年、秋田に戻って先達沢に入山したという。それは中島さんが6年生の時で、1年近くを分校で学んだ。「先生は高原さんという宮城県鳴子生まれの方で、分校児童は全員で10人ほどだった」と記憶をたどる。

一番早く入山したといわれている加賀谷寅吉さんは他界されたが、長男の照義さん（昭和9年生まれ）が

先達分校跡に立つ中島仁吉さん

現在、宮城県で暮らしている。「私は先達沢で生まれたと親から聞いているので、その年か前年に両親が入山したものと思う」と話す。

このことから昭和8、9年頃に事業所が開設され、製炭に従事する家族の増加に伴い、分校が設けられていったものと考えられる。

一地区の山は2、3年作業すると、木が切り尽くされてしまう。そのため、新しい原木を求めて、上流に向かって転々と山を移動していったという。中島さん一家は、昭和26年まで足かけ12年の先達沢の生活で、仕事場を5度も移動した。その都度、住居も移転した。流浪の民という言葉が連想されるような生活であった。

「入山した昭和15年には、先達集落から先達川を3㎞ほどさかのぼった大黒沢の入り口に事業所があり、分校と木炭倉庫が隣接していた。上流に移動するにつれて、分校と木炭倉庫が遠くなり不便になったので、昭和18年に6㎞上流の鶴の湯温泉に近い通称・湯ノ尻という場所に関連施設が移転した」と中島さん。

昭和26年（1951）春、事業所の廃止によって12家族は新しい土地を求めて四散。無人になった分校はおのずと閉じられた。

大黒沢、湯ノ尻、どちらの分校跡地も、現在はすっかり山林に変わっている（いずれも国有林)。2カ所の分校跡地を確認できる人は中島さんのほかごく限られている。いずれ年が経れば、その位置すら分からなくなってしまうだろう。その跡地に、分校が存在したことを示す標柱をぜひ立てたいものだと思った。

平成18年（2006）12月1日掲載／64歳

＊掲載後、ある石材店から「記念碑を無償で提供したい」との話があったが、国有林には色々な制約があり、実現に至らなかった。また、数年経ってから知ったのであるが、小・中・高の同級生・佐藤明さんが1年間学んだ学校であることが分かった。明さんが2年生の時、転校してきたことは記憶していたが、詳しいことは全然知らないできた。残念ながら鬼籍に入られ、話す機会が失われたことが残念である。

No. 7

伊能忠敬の足跡

――立ち寄った八郎湖畔の家々を訪ねて――

実測による日本地図を初めて作った人として知られる伊能忠敬の率いる第三次測量隊（7人編成）が、秋田を訪れたのは享和2年（1802）であった。同年6月11日に江戸を出立した。現在の暦では7月10日ということになる。内陸部を測量しながら津軽半島の三厩（みんまや）まで行って折り返し、帰路は日本海沿岸部を南下して10月23日に江戸に戻った。第三次の測量日数は132

日だった。

このうち、県内には往路、帰路合わせて足かけ38日滞在した。往路は真夏の7月15日に山形県から雄勝峠を越えて本県入りし、8月7日に矢立峠から青森県に抜けるまでの22日間である。帰路は秋もたけなわの8月27日から9月12日までの16日間で、日本海に沿って北から南へ移動した。

佐久間達夫校訂『伊能忠敬測量日記』（1988年・大空社）によれば、滞在した38日間に、止宿25軒、休憩5軒、計30軒の家に立ち寄っている。この家々は現在も存在しているだろうか、今も伝えられていることがあるだろうか、と興味を引かれた。


同日記の記録を参考にしながら、手始めに私の住む大潟村の周辺市町――かつての八郎潟湖畔の家々8軒を尋ねてみた。
▽大久保村（潟上市）・善兵衛家（7月21日に止宿）▽一日市村（八郎潟町）・百右衛門家（同22日に休憩）▽鹿渡村（三種町）・近右衛門家（同22日休憩）▽森岡村（同）・勘左衛門家（同22日に止宿）▽浜田村（同）・茂吉家（9月1日に休憩）▽宮沢村（男鹿市）・嘉右衛門家（同1日に止宿）▽鵜木村（同）・大渕常右衛門家（同2日に止宿）▽舟越村（同）・西村栄助家（同3、4日に止宿）である。

ほとんどの家が肝煎（今の村長）や本陣（大名などが休泊する施設）、また家作（家の造り）大いによしなどと記載されており、その地域の名家であったようだ。

善兵衛家は、大正初期に大久保から3㎞ほど離れた・北野地区に移転している。当家の系図によると現在は16代目であり、平成11年（1999）に行われた「伊能ウォーク」の際に参加したという。

近右衛門家も当時の場所から移転したが、同じ鹿渡地区に住まいしている。菩提寺の境内に「施主 川村近右衛門母 文化十年癸酉（みずのととり）七月」の石塔があり、当主は20代目と伝えられている。

勘左衛門家は、『山本町史』（1979年）の中に「森岡村長百姓 勘左衛門」の名前が数カ所見られる。この文書の一部を所有している工藤家（森岳住）が末裔と思われるが、当主は「勘左衛門については分からない」と述べており、断定するには今一つである。

茂吉家については、郷土史を調べている清水与十郎さん（浜田住）のお世話になった。「寛政12年（1800）から文化9年（1812）まで浜田村の肝煎を務めた家で、50年ほど前に東京方面に移転された」とのことで、跡地を案内してくれた。

嘉右衛門家の宅地内には「庚申碑 寛政弐年庚戌（かのえいぬ）十月十三日 願主 榮田嘉右衛門」の石塔があり、永々と生活が受け継がれている。

大渕常右衛門家は「おおやけ」（大本家）と呼ばれている家で、当主は25代目である。昭和60年（1985）に24代目の大渕ユキさん（故人）が大渕家の歴史をつづった「語りつぐ記」を著しており、13代目の常右衛門の時に、伊能忠敬の止宿が記されている。しかしこれは常右衛門本人が残した記録ではなく、ユキさんが資料収集の折りに関係文献から知った事柄であるようだ。

西村栄助家は現在13代目といい、永らく船越での生活が継承されている。「伊能忠敬の宿泊は6代目の時のようだが、これに関する記録や物証は見つからない」という。

百右衛門家だけは探し当てることができなかった。地元の人たちの情報を手がかりに尋ねてみたが、確証は得られなかった。昭和20年（1945）の一日市大火で、多くの記録が失われたことが惜しまれる。

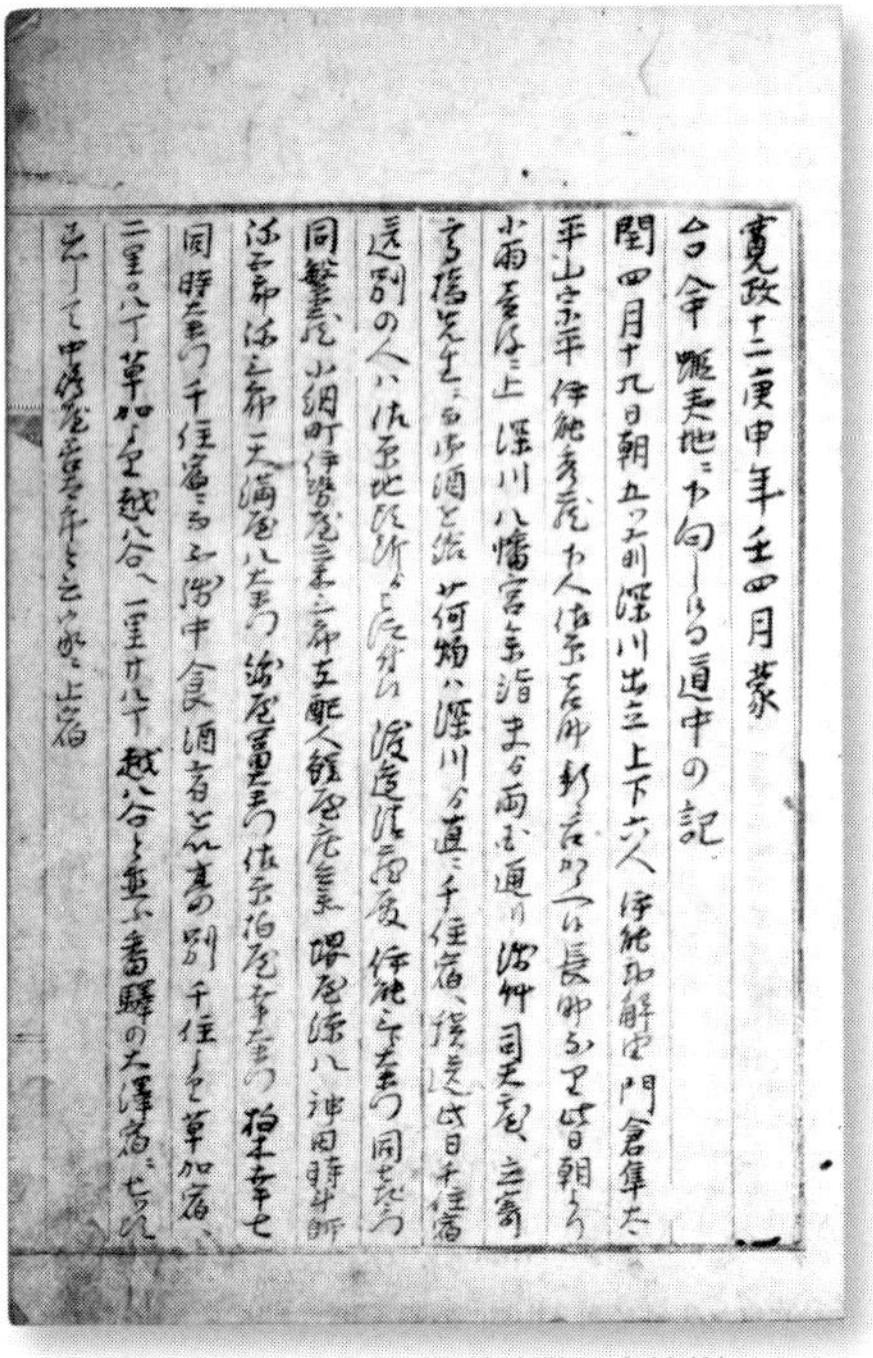
寛政十二庚申年壬四月蒙
台命 蝦夷地ニ而向ル道中の記

「測量日記」の一部（伊能忠敬記念館蔵）

今回尋ねた家々からは、当時の記録も、測量隊が残した物品なども出てこなかった。しかし、伊能忠敬の時代から200年の歳月を経て、何代もの代替わりをした現在まで、連綿と続いている家が多いことに驚かされた。ほかの22軒についてもいずれ尋ねたいと思っている。

平成20年（2008）2月19日掲載／65歳

＊後の調査で勘左衛門家は歩仁内家、百右衛門家は小林九左衛門家であることが分かった。

ヨガエブシとハエトリキノコ
――昭和30年代の農村をしのぶ――

No. 8

今年も暑い夏を迎えた。この時季になると思い出すのが、昭和30年代の農家の暮らしである。蚊（か）やハエの群れと過ごした青少年期だった。

私が生まれたのは旧由利郡の山あいの村である。高度経済成長には程遠かった30年代の中頃、集落のほとんどはかやぶき屋根で、どの家にも牛や馬がいた。農耕と堆肥づくりに欠かせない存在だったのである。家の中には厩（うまや）があり、牛や馬は家族と同居、愛情をもって育てられた。厩に近い宅地の一画にはコエジカ（肥塚）と呼ばれる厩肥（きゅうひ）置場があり、背丈よりも高く堆肥が積まれていた。夏になると多くの虫が厩とコエジカに集まってきた。とりわけ多かったのが蚊とハエである。

夕刻になると厩には蚊の大群が押し寄せた。これを追い払うために行われたのがヨガエブシ（蚊やり）。私のふるさとでは夜に出る蚊をヨガと呼び、昼に活動する蚊とは区別していた。『秋田のことば』（秋田県教育委員会編）によると、東北地方の広い地域で使用されたようだ。エブシは燻すのなまりである。

ヨガエブシは、厩の前の土間で稲わらを燃やし、その上を青草で覆い、不完全燃焼させて発生した煙で蚊を追いやるというもの。煙が厩に満遍なくいきわたるように箕であおったものだった。子供も一役買っていた。というのは、1軒の家から煙が上がるのを目にすると、小学校の高学年生は遊びをやめ、我先にと家に帰って準備に取り掛かったのだ。できるだけ燻す時間を長くするため、青草の量やかぶせるタイミングなどをいろいろ工夫したことを思い出す。夕やみが迫る頃には、集落の家々がうっすらと煙に包まれていた。

ヨガエブシ用の青草の中で最も多く使用されたのがヨモギだった。真実かどうかはわからないが、蚊よけに効果が高いとされていたからだ。

一方、日中、家の中で悩まされたのはハエだった。網戸のない木製窓や雨戸は、夏になると雨天の日意外は開けっ放しだったから当然のことである。特にミジャ（水屋）と呼ぶ炊事場はハエのたまり場。カマド（鍋などをかけて煮炊きする設備）がある土間の部分も含めて農家のミジャは広く、多くの食料品が雑多に置かれていた。

ハエ退治には、ハエ取り紙やガラス製のハエ取り器などを使用したが、とりわけ効果があったのがハエトリキノコ（ハエトリシメジ）だった。

祖母が近くの山から時々採ってきて、カマドで軽く焼き、水を入れた皿にキノコを裂いて浸しておくと、これを吸ったハエは飛ぶことができなくなってたちまち倒れたのであった。ところがこのキノコは生えている本数が少なかったようで、祖母のコダシ（つるで作った物入れ）にはいつも10本程度しか入っておらず、数日でなくなった。ハエには強い毒性を持っているのに、人間には無害でとてもおいしいキノコであることを近年になって知ったが、私は今まで口にしたことがない。ハエに使用すると余裕がなかったからか、人体への影響を用心してのことだったのか分からないが、祖母は一度も食用に出したことがなかった。

淡黄色で形や大きさはごく普通のキノコだったと記憶している。今夏は五城目町か三種町の山に出掛け、ハエトリキノコとの出合いを実現させたいものと思っている。

昭和39年（１９６４）の東京オリンピックを機に由利の片田舎にも高度成長の波が一気に押し寄せ、農家の生活様式が大きく変わっていった。ヨガエブシやキノコでのハエ取りはもちろん、厩やコエジカ、ミジャ、カマド、コダシなども私たちの記憶から次第に遠くなりつつある。蚊やハエと暮らした青少年の日が、今では半世紀もの昔のことになってしまった。懐かしく思い出される。

平成20年（２００８）７月24日掲載／65歳

＊古里・東由利出身の遠藤章博士（スタチンを発見した応用微生物学者）が少年時代、ハエトリキノコに興味を持ったことを後日知った。

羽州街道の一里塚

――潟上市の大久保跡、飯塚跡を訪ねて――

No. 9

江戸時代に造られた道標である一里塚。慶長9年（１６０４）に江戸日本橋を起点に、一里（約４㎞）ごとに各街道の両側に塚を築いてケヤキなどの木を植え、目印にしたという。今夏、この一里塚跡巡りに出掛けた。ガイドブックは半田市太郎氏の解読書『天和元年 領中大小道程』（１９８６年）。県内に64カ所あったという羽州街道の一里塚をひと通り駆け足で回ってみた。

現在、姿をとどめているのは5カ所（両側に残っている所が2カ所、片側のみが3カ所）だけ。残る59の一里塚は時代の変遷により消えていた。このうち、跡地碑が立っている17カ所と、土地の人たちが知っている11カ所は跡地を確認することができたが、30カ所近くは場所すら判明できなかった。

自宅近くでは、潟上市の大久保跡、飯塚跡が定かでなく、これを機会に調べてみた。

大久保、飯塚とも地区を回って地元の人たちに尋ねてみた。残念なことに、どちらも確証は得られなかった。そこで、何か手掛かりになる資料はないかと探していると、「御通行道案内書」（以下、道案内書）に一里塚が記載されていることが分かった。『井川町史』にその記述があったのである。早速、道案内書が保存されている井川町歴史資料館を訪問し、見せてもらった。

道案内書は嘉永7年（1854）3月、幕府勘定方が蝦夷地調査のため北上してきた際、大久保村から真坂村（八郎潟町）まで九つの村の肝煎（今の村長）が連名で差し出したものであった。縦50㎝、横3・6ｍの絵図面で、村落、山、川、橋、村から村までの里程などのほか、一里塚も4カ所にはっきり描かれていた。

大久保村の一里塚は村の北外れ、飯塚村は神明社の鳥居から村の中心方向に進んだカーブ付近にそれぞれ記されており、おおよその位置が分かった。後は現在地のどこに当たるかを特定させることである。

たまたま大久保の旧家、高橋京之助さん（81）宅を訪問したら「大久保の地図に載っていないだろうか」と「拾三番山神（さんじん）」の地図を出してくれた。注意しながらよく見ると、「山神八十三番」と道路向かいの「山神八十四番」に一里塚と書かれた個所が目に入った。思いがけない発見であった。

地図には「明治九年改祖図ニ基キ明治四拾三年壱月之ヲ改写ス」と書かれている。これは明治新政府が地租改正で行った地籍調査の地図で、公図または図面と一般的に呼ばれているようである。原本は法務局と市町村の役所にあることが分かった。

現地を確かめてみると、「八十三番」は桜庭次男さん（71）が10年ほど前まで住んでいた土地の一端と分かった。現在、桜庭さんは数百m離れた元木田の住宅地に移転している。

また「八十四番」は、高橋達弥さん（47）の宅地の片隅であった。達弥さんの母晶子さん（78）は「この近辺の地名は町後（まちうしろ）なのに、私の敷地の一部分だけが山神になっているので不思議に思っていた。一里塚跡と知って長年の疑問がやっと解けました」と語った。

飯塚も大久保と同様、地図に載っている可能性が高いと思い、市役所飯田川庁舎を訪ねた。期待した通り「弐拾弐番字水神端（すいじんばた）見取絵図面」の中に「十六番一里塚」の部分を見つけることができた。

現況と照合してみると、一ノ関利雄さん（74）の住まいの一角と分かった。一ノ関さんは八郎潟町の生まれで、昭和30年代からここに住むようになったという。

道案内書に描かれた一里塚の絵から推定して、大久保が広葉樹、飯塚が松ではなかったかと考えられる。

飯塚の次の一里塚は大川堤内（井川町）にあり、続いて夜叉袋（八郎潟町）、天瀬川（三種町）、鹿渡山谷（同）、新屋敷上台（同）、森岳林崎（同）、金光寺（同）と、八郎潟の湖畔を北に延びていた。この7カ所には、いずれも跡地碑が建てられている。大久保跡と飯塚跡にも、ぜひ標示を作りたいものである。

ちなみに大久保は江戸から148里目、飯塚は

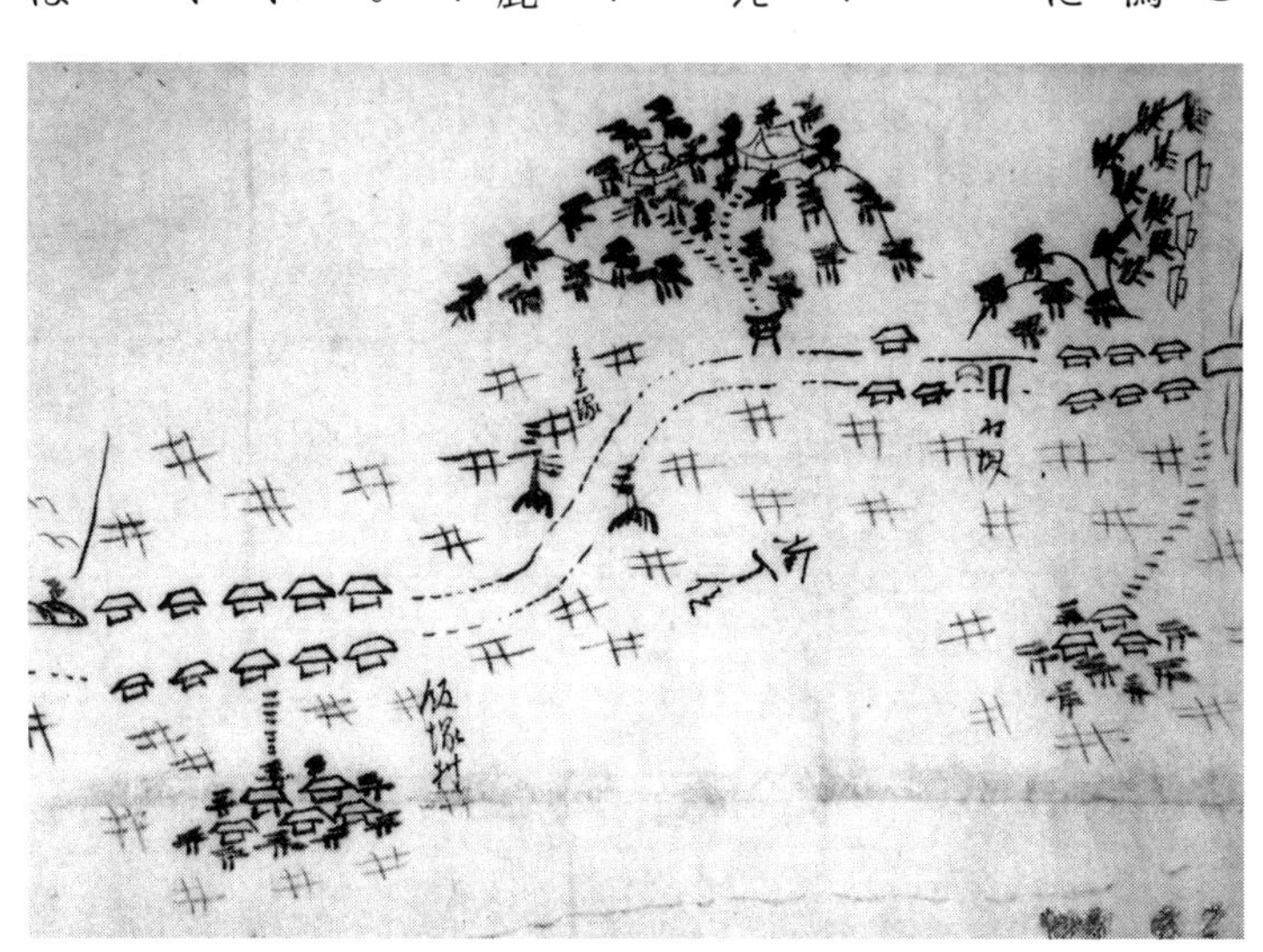

「御通行案内書」の飯塚村の部分

１４９里目の一里塚であった。

平成20年（２００８）10月28日掲載／66歳

＊羽州街道の一里塚を調べるため、県内を走り回った。これは、大久保と飯塚の一里塚跡が不詳になっていたので取り上げたのである。高橋晶子さんから「掲載してくれてありがとう」と電話をいただいたが、それ以外はまったく無反応であった。

１３２校の校歌碑群

――小松耕輔作曲の碑を訪ねて――

No. 10

静岡県熱海市にある「ムクデン満鉄ホテル」。その裏山に現在、１３２基の校歌碑が立っている。かつて旧満州（中国東北地方）に存在した小、中、高校などの学校のものである。校歌碑のことを知ったのは平成15年（２００３）だった。

私の古里・由利本荘市東由利出身の音楽家「小松兄弟」（耕輔、三樹三、平五郎、清）の校歌収集を行っていた際、小松耕輔の作曲に戦前、中国大陸や朝鮮半島にあった日本人学校の校歌が16曲あることが分かった。その楽譜やメロディはその学校で学んだ人でなければ分からないと考え、秋田魁新報で記事にしてもらったところ、協力者が続出して順調に収集が進んだのである。満鉄ホテルの情報はこのとき読者から寄せられ、いつか訪ねてみたいと思っていた。ようやくこの2月、実現した。

雪雲に覆われた秋田とは違って伊豆半島は春のような陽気。満鉄ホテルは、ＪＲ網代駅から太平洋岸沿いを走る国道１３５号をやや南下した所にあった。平成10年（１９９８）に東京の実業家・大山英夫さん（84）が建設したという。大山さんは旧満州で生まれ、奉天の小、中学校を卒業。戦後50年を契機に、失われた古里に対する懐古の情が高まり、奉天小で同級生だった3人と相談、旧満州関係者の拠り所になるような施設をと建設に踏み切ったという。白い建物の中には書籍や古い地図など、旧満州に関する資料が数多く展示されている。

特に裏山の校歌碑の建設は遠大な事業であった。竹林だった山を整地し、校歌を刻んだ碑の建立を進めたのである。現在は１３２基になっている。校歌のほか、旧満州国歌や満鉄社歌など4基の碑も立ち、散策路も造成、巡回できるようになっていた。眼下に太平洋を見下ろし、山一面に林立する碑の眺めは壮観。広さは1haほどあり、一巡するのに小一時間はかかる。

支配人の酒井馨さん（84）は、「ホテルを訪れる人たちの情報を基に、毎年数を増やしていった。旧満州にあった日本人学校の正確な数は分からないが、ほとんどそろったのではないだろうか」と語る。酒井さんはホテル建設の際、相談に加わった同級生の一人。開業以来、支配人としてホテルの切り盛りを任されているという。

132基の校歌碑の中で、小松耕輔が作曲した学校の校歌碑は10基。安東中、奉天千代田小、撫順七条高女、撫順東公園小、博克図小、チチハル宮前小、奉天敷島小、新京室町小、ハルビン桃山小、牡丹江高女である。他の校歌には山田耕筰、弘田龍太郎、信時潔、梁田貞、下総皖一、園山民平などの作曲が多いことから察すると、当時の日本の著名な音楽家たちに作曲を依頼したものと思う。

小松耕輔は四兄弟の長兄で、明治39年（1906）に東京音楽学校（現東京芸大）を卒業。学習院大教授、お茶の水女子大教授などを歴任し、日本作曲家協会理事長や全日本合唱連盟理事長などを務めた。

ムクデン満鉄ホテル裏山の校歌碑の一部

童謡、歌曲については大正、昭和初期に出版された唱歌集や戦後出版された『小松耕輔作曲選集』などから400曲余の作品が確認できる。しかし、校歌についてはほとんど調査が進んでいなかったため、平成2年（1990）から校歌の収集を行った。そして同15年（2003）まで167曲（兄弟合わせた数は213曲）を収集し、途中であったが、『小松音楽兄弟校歌資料』の冊子にして一区切りつけた。日本人学校の校歌は旧満州10校のほか、朝鮮半島、サハリンなどに6校が確認されている。

校歌の収集作業は現在、嫡孫の田中みや子さん（60）＝東京都港区赤坂＝が取り組んでいる。今年の年賀状には「300曲近くまで確認することができ、さらに100曲ほどリストアップした。今後も資料の掘り起こしを続けていきたい」と書かれていた。

戦前の日本の大陸政策についてはいろいろな見方がされているが、それはさておき、旧満州で生まれ、青少年期を過ごした人たちにとってはかけがえのない古里である。碑の前で涙を流しながら校歌を歌う姿を酒井さんは今まで数多く目にしてきたという。

校歌碑の一つ一つには、今はない古里への強い思いがあるのだと思いながら満鉄ホテルを後にした。

平成21年（2009）2月18日掲載／66歳

追分三差路の図絵

―荻津勝孝と菅江真澄の絵から考える―

No. 11

秋田市と潟上市の境界にある追分三差路。およそ２００年前の江戸時代後期、荻津勝孝（おぎつかつたか）（１７４６～１８０９）と菅江真澄（すがえますみ）（１７５４～１８２９）の二人がこの三差路を図絵にしている。荻津は秋田蘭画家の一人で、寛政の頃（１７９０年代）の作「秋田街道絵巻」の中で描いている。紀行家の真澄は、文化元年（１８０４）の日記「男鹿の秋風」の中でスケッチし、「榎（えのき）の追分」と呼んでいる。ところが、わずか10年前後の違いなのに、真澄の絵には地蔵堂と狐の顔を彫った榎の柱があり、荻津の絵には描かれていないという相違点がある。

まず、地蔵堂から考えてみたい。現在、三差路からやや男鹿街道寄りにある木ノ宮神社は、三差路の分かれ口にあったものを、国道拡幅工事のために昭和30年代中頃に移転したという。この神社の中に3体の石像がまつられている。中央の地蔵尊には「享和三亥年（１８０３）」の文字が読み取れる。真澄のスケッチにあるのは、この地蔵尊に間違いないものと思う。また、荻津の絵は建立前の作なので、描かれていないのも納得できる。

他方、榎の柱は、年代の遅い真澄の絵にあり、年代の早い荻津の絵にないので、つじつまが合わない。この矛盾を探ってみたい。

真澄は「男鹿の秋風」で、「約20年前の天明5年（1785）に見たときは、一丈ばかりの柱の頭に狐を刻んで立ててあったが、年ごとに吹き付ける砂に埋もれて今は榎もわずかばかり頭を出しているだけである」と記している。この文から推測すると、描かれた榎の柱は1804年のものではなく、1785年当時のもののようである。真澄の脳裏からは、最初に見た狐の彫刻が離れなかったのであろう。一方、荻津の目には、砂に埋もれている榎の柱は取り立てて描く必要がないと映ったのでないだろうか。こう考えると疑問が解消される。

さてここで、少し大胆になるが、この榎は江戸時代初期の慶長9年（1604）に、道標として造られた一里塚ではなかったかと推測したい。筆者は一昨年、県内に64カ所あったといわれる羽州街道の一里塚跡を調べたが、半数に近い30カ所の跡地が不明になっていた。この追分の一里塚もその一つ。文献には分かれ口の両側に一里塚が記されており、真澄の絵と符合するのである。

真澄の絵は一里塚の築造から200年ほど時がたってからのことであり、榎が老木となり枯死したとしても不自然ではない。道路の左にある狐の柱は榎の枯れ木、右側の数本の若木は倒れた跡に生えた榎のひこばえではなかったかと思われる。この二代木は昭和の年代まで残っていたという説があり、昨年来、地区を回って訪ねているが、知っている人に会うことができないでいる。

菅江真澄「男鹿の秋風」の追分三差路絵図（県立博物館蔵）

荻津勝孝「秋田街道絵図」の追分三差路（秋田市立千秋美術館蔵）

荻津、真澄のどちらの絵にも見えるのが道祖神で、道標の役割も持っていたようである。現在この道祖神は、三差路近辺には残っていないので、木製だった可能性が高い。

木ノ宮神社の前に「三十三番観音碑」の標柱が立ち、神社内には観音碑の石像がある。石像の正面に「卍第一番」、左側面に「文化二丑八月吉日 船越村 願主太田玄碩（げんせき）」、右側面に「従是（これより）男鹿道」と刻まれている。神社を管理している渡部光子さん（67）によると、元は屋外にあったが、神社を移転した時に中に入れて一緒にまつるようになったようだという。

太田は船越の医者で、文化2年（1805）に追分から天王までの男鹿街道33カ所に、観音碑を建てたと文献に載っている。荻津、真澄の絵にある道祖神が老朽したため、新たに道標兼観音碑を建立したと考えたいが、無稽（むけい）であろうか。

昨年、秋田西高校の生徒会執行部と放送部が、この三十三番観音碑を調査したという。前者は、同校創立30周年記念行事で発表。後者は、ＮＨＫ杯全国高校放送コンテスト県大会に出品して最優勝を獲得し、全国大会で発表した。

何気なく毎日通っている道路でも、注意しながら歩くと今まで気づかなかった発見がある。若い人たちが三十三番観音碑に着目し、郷土の歴史に関心を持ったことは喜ぶべきことである。

平成22年（2010）3月1日掲載／67歳

No. 12

船越水道の今昔

——旧水道の呼称を調べて——

大潟村では現在、村史の編さんが進められている。地名や出来事などの表記に万全の注意が求められ、委員の一人として腐心しているところである。「船越水道」という呼称もその一つ。いつ頃からこう呼ばれるようになったのか、この機会に調べてみた。

かつて八郎潟の水は、八竜橋から南に折れ、３㎞ほど蛇行して江川集落（潟上市）の南西側から日本海に流出していた。干拓工事の際、日本海へ真っすぐショートカットする方式が採用され、昭和39年（１９６４）に現在の船越水道が完成した。

ちょうどこの年、大潟村が誕生した。村史編さんは、３年後の村創立50周年に向けての作業である。

「八郎潟の名前が文献に見られるようになるのは江戸後期である。津村淙庵、菅江真澄、伊能忠敬などの書に登場し、定着してきたようである。「八龍湖」「八郎湖」という名も、長く親しまれてきた呼び名である。

だが、干拓以前の旧水道の名前となると、記載している文献は意外に少ない。これは、地元の人たちが日頃から潟と水道を一体のものとして取り扱い、水道部分には特に名前を付けていなかったからだと思われる。

数少ない資料を整理してみると、明治以降の旧水道の名称としては、「八龍川」「八郎川」「船越水道」の三つが確認できる。「八龍川」と「八郎川」は、八龍湖、八郎湖の語尾を川に変えたものと思われるが、これらは現在も橋の名前として残っている。一つは、県道に架かる「八龍橋」（現八竜橋）で、明治11年（１８７８）完成した。もう一つは、大正５年（１９１６）に全通した船川軽便線（現ＪＲ男鹿線）の「八郎川橋梁（きょうりょう）」である。

「船越水道」については、県水産試験場が大正５年に発行した「八郎湖水面利用調査報告」の中で登場する。現時点では、これ以前の文献や資料に、「船越水道」の文字を確認できていない。思うに、これは当時、編集に当たった人が専門用語の観点から便宜的に付けたものではなかっただろうか。

昭和29年（１９５４）、オランダのヤンセン教授の来県によって、八郎潟干拓の機運が一気に高まりを見せ、新聞紙上をにぎわすようになった。昭和30年代になると、「船越水道」の文字が新聞に度々出てくるようになる。初出は昭和30年９月24日の読売新聞であった。旧水道の名前を記す必要性から、前述の調査報告などを参考にした、と想像される。

昭和39年に誕生した現在の船越水道。県河川砂防課によると、２級河川馬場目川になっているという。一方、旧水道は、河口から約３００ｍが砂に埋まっている。とはいえ、それより上流は名残をとどめており、現在は江川漁港（潟上漁港江川分区）がある。

果たして、昭和20年代の旧水道を地元の人たちはどう呼んでいたのだろうか。船越、天王両地区を回って聞いてみた。

船越では、「カタ」と言ったと多くの人が語ってくれた。カタは八郎潟の略称である。一方、天王では、どの人も「カワ（川）」と呼んだという。

もと天王町漁協組合長の藤原勝雄さん（82）＝潟上市天王字上江川＝は「子供の頃から、川に泳ぎに行く、川に魚を捕りに行くと言って育った。川の中ほどの深い部分を水戸（みと）、河口付近を銚子口（ちょうしぐち）と呼んだ。銚子口は台風や大水のたびに土砂が流され、位置が変動した」と教えてくれた。今でも天王地区では川と呼んでいるという。

砂地が広がる河口跡は雑草が生い茂り、周辺には松林が広がる。この場所に、1本のコンクリート柱が立っている。藤原さんによると、昭和40年代の中頃に県が

旧水道の河口跡に立つコンクリート柱

設置したものだという。そして一昨年、同じ場所に船越、天王の両漁協が紅白のコンクリート柱を2本立てた。古くから両地区には「銚子口の真ん中が漁場の境界」との定めがあり、コンクリート柱は境界線の目印だという。だが、それは同時に、かつて八郎潟の水がこの場所を流れ、日本海に注いでいたことをも意味する。

現在、コンクリート柱の周辺にはこうした経緯を伝える説明版などは見当たらない。設置を考えてはどうかと思う。

平成23年（2011）11月11日掲載／68歳

＊説明版の設置が未だ実現に至っていないことが残念である。

No. 13

定番を破る新方式

――大潟村史刊行に寄せて――

10月1日に大潟村が創立50周年を迎えた。この記念事業の一つとして「大潟村史」が制作された。今年に入ってから編集作業は大詰めを迎え、編集委員、事務局員計20人によって鋭意校正に取り組んだ。なかなか朱色のチェックが消えず、本作りの難しさを痛感した。記述の誤りや記載漏れなど指摘されるのではと思うと胸中心配であるが、まずは、ほっとしている。

私事になるが、30年ほど前から移転した集落や廃校などを訪ねて県内を巡ってきた。その都度、関係市町村史（誌）を参考資料にしたため、合併前の旧市町村の史誌はほとんど手に触れたつもりである。どの史誌も幅広く事柄が整理、収録されており、まさに市町村の事典ともいえるものである。

いつかはわが村でもこのような史誌の制作を、と思っていたところ、私の気持ちが通じたのか、平成21年（２００９）、村当局が創立50周年に向けて「大潟村史」の刊行を打ち出したのである。そして、村内各団体長を中心にした村史編さん委員会が立ち上げられ、そこで実務を担当する17人の編集委員が選出された。不肖私にも声が掛かり、この４年間委員の一員として編集に加わった。

県内の市町村史（誌）の多くは、形式や構成がほとんど似たスタイルが採られていると感じている。これは史誌編集には一定の型があるからだと思われる。この度の「大潟村史」は、この定番を破った新しい方式を取り入れたところが特徴といえる。その４点について触れてみたい。

一つは、年表方式である。昭和54年（１９７９）、東京の大手出版社から『読める年表』という歴史書が新規格で登場し、話題を呼んだ。実はこの時の編集担当者が、今回村史制作統括を務めた海山徳宏事務局員であった。彼は平成19年（２００７）に情報発信者入村事業に応募して東京から大潟村に移り、村の歴史を編もうと意欲を燃やしていたところ、折よく村史制作と結びついたのである。

「読める年表」の形式は彼の発案であり、村史（Ａ４判）全９５０頁のうち３００頁ほどを年表で占めている。議会、農業、教育、イベントなどに分類し、「出来事」と「トピックス」を加えて、その時々の様子をリアルに表現するように努めた。

二つ目は、45頁に及ぶ「索引」を設けたことである。事項索引約3千語、人名索引2千人余りを五十音順に収録し、「歴史用語・人名事典」としても活用できるようにしている。特に人物では、小中学生のスポーツ大会などでの入賞者も取り上げ、できるだけ多くの村民を収載するようにした。

三つ目は、９００点余りの写真を挿入したことである。どのページにも最低1枚は掲載するようにし、親しまれる誌面作りを心がけた。これほど多くの写真を使用した史誌は県内では数少ないと思う。

四つ目は、60人余りという執筆者の多さである。専門的なことは大学教授などその道に精通している方にお願いしたが、年表にある出来事や村内各団体の歩みは、入植者のみならず、配偶者、2世の人たちにも執筆をお願いした。まさに村民主体の村史になったと思っている。

ともすると、村の半世紀は「農政に揺れた50年」と見られがち（思われがち）だが、今回の編集を通して大潟村は決して農政一面だけの歴史だけではないことをあらためて認識した。

村には多くの機関、団体があり、ほとんどが10周年、20周年と周年誌を発行してきている。ページをめくると、子ども・青年・女性・老人それぞれが新しい村を一日も早く軌道に乗せるために頑張った姿が伝わってくる。前述したように村史には各団体の歩みも掲載しているので、ぜひこちらにも目を向けてもらいたいと思う。

村史は10日の編さん委員、編集委員合同会議で最終的なチェックを行い、特に大きな錯誤がなければ、村内の各家庭に届けられる予定である。さらに来年2月は「大潟村歴史写真館　時を重ねて」の発行が企画されている。村史と重複しない１２００点余りの写真を収載し、現在、編集作業が進められている。

平成26年（２０１４）10月9日掲載／72歳

＊平成22年3月24日、村史編集委員に委嘱され、同26年10月の発行まで務めた。

No. 14

首の切られた地蔵尊

――八郎湖東部の地域史探訪――

平成17年（2015）の秋、無人集落の調査で付き合いのある、さいたま市の浅原昭生さん（55）から「五城目町滝ノ下集落跡で奇妙な地蔵尊を見つけた」と連絡を受けた。送られてきた写真の六地蔵は、いずれも頭がついていなかった。

かつて滝ノ下集落には13戸が住んでおり、昭和46年（1971）に無人になった。このうち2戸が大潟村に入植したが、この六地蔵のいわれを知る人はいないという。

ところが昨年9月、八郎潟町小池地区で偶然、首のない地蔵尊を見つけた。近くに車を止めて確認したところ、これも六地蔵だった。他の地区にも滝ノ下と同様の地蔵尊が存在するのではないかと思い、翌月にかけて近辺を訪ねた。その結果、八郎潟町羽立地区、五城目町黒土地区、石崎地区、大川地区、三種町市野地区で見つけることができた。

いつ、誰が、何の目的で地蔵尊の首を切ったのだろうか。各地区の住民たちに尋ねてみると、皆も「不思議に思っていた」という。地区の人たちが分からないのならば、だいぶ昔のことなのだろう。現にどの地蔵尊も首の部分がかなり風化し、時の流れを感ずる。

解決の糸口を探っていたところ、三種町に住む男性が「八郎潟町の常福院の境内にも、首の取れた地蔵尊がある」と教えてくれた。訪ねてみてはどうかという。

常福院は高岳山（たかおかさん）の麓（ふもと）にあり、戦国時代に栄えた浦城址（うらじょうし）の入り口に位置する。寺門をくぐると、首のない地蔵尊の姿が目に入った。

住職によると、これらの地蔵尊は明治初期の廃仏毀釈（はいぶつきしゃく）により首なしになったという。首のない地蔵尊を祭り続けるのは望ましくないという意見がある一方、歴史的な資料として保存すべきとの声も寄せられているそうだ。

廃仏運動は、新政府が発した神仏分離令により全国各地で起こった。観音や菩薩の改称、寺院内の仏具や鐘楼の排除など対応は地区により異なり、さまざまな形で実施されたようである。さらに住職は、郷土史に明るい北嶋雄一さん（84）＝八郎潟町＝を紹介してくれた。

常福院境内にある頭部のない六地蔵尊

北嶋さんはＮＰＯ法人「浦城の歴史を伝える会」の理事長である。10月下旬、北嶋さんを訪ねると、常福院の前住職から聞いた話として、次のように語ってくれた。

「この地区の豪農は代々神道を信じていた。明治の神仏分離令に強く傾注し、仏教から神道に改宗したという。この時に地蔵尊が壊された」

私が見つけた数カ所の地蔵尊が、同じように壊されたものかは分からない。小さな地蔵尊にまつわる話にすぎないが、地域史の一つとして、伝えていきたいものである。

平成30年（２０１８）1月23日掲載／75歳

八郎湖畔の道標石を訪ねて

――大切にしたい庶民の思い――

No. 15

八郎湖畔には古い石仏や石造物が多くある。人々の信仰心の深さによることに加え、石材が豊富な寒風山や森山などが近くにあったことも要因と思う。

関係市町村の史誌や資料をもとに、これらの石造物を一通り訪ね歩いてみた。この中には「道標石」が六つ存在していた。それぞれの状況を紹介したい。

現在、道路の分岐点に案内標識があるように、藩政期にも、よその土地から来た人たちのために標識が随所に立てられていたと思われる。だが木製のものはもちろん現存しておらず、石に刻まれたものが残っているのである。

道標石のある場所は、①三種町浜田字上浜田の十字路（仮称・浜田道標石）②男鹿市野石字野石の共同墓地（同・野石道標石）③同市鵜木字エゾカ台の台地（同・エゾカ台道標石）④同市鵜木字鵜木の稲荷神社境内（同・鵜木道標石）⑤同市角間崎字牛込の三差路に2基（同・角間崎道標石）——の5カ所である。

「浜田道標石」は道路工事の際に土中に埋められていたものを昭和59年（1984）に地区の住民が発見し、掘り出して現在の場所に立てたという。工事の時に傷つけられたようで、下部が切断されている。台座に建立年があったと思われるが、見つからなかったという。

高さ約60㎝の角柱で、正面に「庚申（こうしん、かのえさる）」と彫られ、左側面に「ひ太り大らゑ（左　往来）」右側面に「みきり化みつ（右は行き止まり）」と刻まれている。かっこ内は郷土誌の解説に基づく。右は確かに行き止まりで、刻まれた文字は「右は化け道」と読むのであろうか。

「野石道標石」は、信号機脇の高台にある共同墓地内に置かれている。十字路付近にあったものを昭和30年代の道路拡張工事の際に墓地の空き地に移動したと考えられるが、地区でこのことを知っている人には今のところ出会っていない。文久3年（１８６３）の建立で、高さ約80㎝の平たい石に青面金剛像（せいめん）（庚申塔の一種）があり、像を挟んで左右に「右舟こし道（船越道）」「左北道」と刻まれている。

「エゾカ台道標石」は、エゾカ台古墳跡の一角にある。男鹿市五里合字鮪川（いりあいしびかわ）方向、同中石方向の分岐路にあったものを、道路整備の際にここに移動したものと推測する。天明８年（１７８８）の建立で、二つの台座の上に角柱が据えられており、総高が約１ｍである。正面に「庚申塔　右中石道　左しび川道」と刻まれている。

「鵜木道標石」は、稲荷神社の境内にある。神社手前の分岐路にあったものを、これも道路拡張の際に移動したものと思われる。文政元年（１８１８）の建立で、高さ約１６０㎝の平たい石に「金毘羅（こんぴら）大権現供養塔　右道ふく免（福米沢）　左やまみち（山道）」と刻まれている。真ん中から折れて、二つとも土手に寄せ掛けられている。

「角間崎道標石」は、牛込の三差路に二つあり、８基の石塔の中に混じっている。一つは天保14年（１８４３）のもので、高さ約90㎝の平たい石に「七庚申　右ハ北道　左南道」と刻まれている。もう一つは、ほかの石塔が前に覆いかぶさって見えなくなっている。

昭和52年（１９７７）年の「若美町史資料」によると、文政2年（１８１９）建立の庚申塔の右側面に「右北磯道」、左側面に「左脇本道」と刻まれるとされるが、確認できない状態である。

この六つの道標石に共通するのは、いずれも庚申塔（こうしんとう）などに刻まれていることである。庚申信仰は江戸時代に広まった民間信仰で、庚申塔には安寧な生活を願う庶民の思いが込められている。村人の無病息災を願うとともに、村の外から来た人たちが困らないようにと道案内を記したものであろう。土地の人たちの温かい思いやりが込められているように感ずる。

ところが、どの石も長年放置されており、下の部分が土中に埋まったり、切断したりして傷みが進んでいる。台座をしっかり設置し、その上に道標石を保存するとともに、標柱や説明板を建てて、先人の思いを伝えていくことが大切ではないだろうか。

平成30年（2018）8月6日掲載／75歳

浜田道標石

＊三種町立浜口小学校の校長先生から依頼があり、6年生の子供たちを案内した。郷土史に関心を持ってもらいありがたく思った。

No. 16

「働く場」の機会均等こそ
――「日本廃村百選」を読んで思う――

さいたま市在住の浅原昭生さんが「日本廃村百選―ムラはどうなったのか」を刊行した。廃村という共通テーマを追い続ける友人という縁で、私は同書の「むすび」の文を依頼された。そこで「(浅原さんの紹介した)状態を放置すれば、農村地域の広範囲が崩壊し、廃村だらけなってしまう。浅原さんの書から政治家は危機を感じ取り、有効な対策を講ずる必要がある」と書いた。こう書きながら、県内の実情を詳しく知りたいと思い、私なりに調べてみた。

昭和30年（1955）前後のいわゆる「昭和の合併」で、秋田県内の市町村は4市220町村から8市64町村に集約された。「秋田県町村合併誌」（秋田県町村会編、1960年）などによれば、農村部の人口が最も多かったのはこの時期のようである。合併後、高度経済成長が始まり、農村部から都市部へ、また県外へと人口が流出した。それは年を追うごとに加速し、中山間地域は深刻な過疎化に直面する。

合併前の「町村」をそれぞれ「地区」と読み替え、昭和の合併時と現在の人口を比べてみると、減少率65％以上の地区は全体（２２０地区）のほぼ5分の１に当たる39地区だった。さらに減少率80％台が2地区、70％台が17地区だった。

減少率83％の上岩川地区（三種町）を訪ねた。同地区には三種川とその支流の小又川が流れ、それぞれの川に沿って平地が細長く延び、15集落（行政区）が散在している。昭和20年代には村役場や農協、小・中学校があったが、昭和の合併で琴丘町となって村役場が廃止され、その後、中学校や農協がなくなり、平成21年（２００９）３月には小学校が統合により閉校した。

合併時２８０５人だった人口は４６３人と約６分の１に減少した。小学生の数を見ると、旧上岩川小学校の在校生はピーク時の昭和34年（１９５９）度に４７３人を数えたが、令和元年度はわずかに２人、新年度はゼロとなる。

たまたま出会った60代の男性は「長男は首都圏で生活している。地元に仕事がないので、後を継いでくれとは言えない。近い将来、誰もいなくなるのではないか」と深刻な表情で語った。

人口減少率65％以上の地区は、多少の違いはあっても上岩川と似た状況にあるのではないか。このまま進むと多くの集落や地区が無人となってしまうだろう。

この危険的な状況を脱する策は、働く場を創出することに尽きる。

鉱業が盛んだった頃の県内には多くの鉱山町があった。ほとんどは町の中心部から遠く離れた山間地にあった。昭和30年代の大葛（だいくぞ）金山（大館市）、宮田又鉱山（大仙市）、湯ノ岱地区（北秋田市）の炭鉱などは狭い谷間にびっしりと住宅が立ち並び、都会並みの活気があったという。

鉱山という資源があったからこそではあるが、その姿は安定した職場があればどんな地域でも繁栄するという証しである。中山間地の再生は働く場の創出にかかっている。「日本廃村百選」を読むと、どんな奥地の小集落でも全国の至る所に学校（分校）があったことが分かる。明治以来、日本は教育に力を注いできた。戦後になると「教育の機会均等」が叫ばれ、実行に移された。その結果、どの

浅原昭生さんの「日本廃村百選」

農山村にも鉄筋コンクリート造りの立派な校舎が建ち、設備や教材は都市部と同じように充実し、教員の数も大幅に増えた。

この「教育の機会均等」の精神と実践を、次は「働く場の機会均等」に転換して取り組むべきではないだろうか。小学校区は住民のまとまりがあり、生活圏の基礎である。校区にかつての小学校の校舎のように建物を用意し、企業を誘致して働く場を創出するのである。併せて地域おこし協力隊をかつての教員並みに増員して配置してはどうだろうか。

政府の地方創生は掛け声ばかりで、目に見える成果が上がっていない。教育関係者が全国的な運動を展開して教育の機会均等を実現させたように、働く場の機会均等実現に向けて誰かが行動を起こさなくてはならない。

その役目を負うのは市町村議や県議などの地方議員できないか。全国の地方議員が連携して政策の大転換を求めるのである。今やらなくては手遅れになる。

令和2年（2020）3月23日掲載／77歳

＊浅原さんとの出会いは平成11年（1999）秋である。ひたむきに全国の廃村を探索していたのであった。令和2年（2020）2月『日本廃村百選』を刊行することになり、私が結びの言葉を依頼された。この文を書いていて、秋田県のムラ（農山村）の実態を調べてみようとひらめいたのである。

Chapter 2

第二章 日本経済新聞「文化欄」

消えた開拓村　刻む涙と汗

――秋田県内の集落跡たどり、入植者の日々を記録――

戦後の食糧難が深刻だった昭和20年（1945）から約10年間、日本各地で山林を開拓して入植が進められた。しかし営農に不向きな開拓地からは次第に人々が去り、無人となった集落跡は忘れられつつある。私は秋田県でこうした戦後の開拓地の跡を訪ね、記録に残してきた。

雑草の中にたたずむ

今年の8月末、田沢湖から車で30分ほどの雑木林の中にある湯ノ岱集落の跡を訪れた。昭和28年（1953）から5戸の農家が入植し、大豆や小豆の作付けを始めたが、急傾斜地のため収量が上がらず、同30年（１９５５）に全戸が移転した。５月まで雪が消えない寒冷地で電気も通らず、入植者はランプ生活を送ったという。林の中にたたずむコンクリートブロックの住宅跡の中には雑草が生い茂り、時の流れを物語っていた。

私は秋田県東由利町（現由利本荘市）の山村に生まれ、同45年（１９７０）に八郎潟を干拓した大潟村へ入植した。農作業の合間に県内各地を訪ね歩くなか、同58年（１９８３）８月のある日、上小阿仁村のダム上流で離村記念碑を見つけた。雑草の中に寂しく立つ碑が、頭から離れなかった。

同20年（１９４５）11月、政府は食糧増産のため緊急開拓事業を閣議決定した。この事業で入植したのは全国で21万戸、秋田県だけでも４７００戸にのぼったという。秋田県が同48年（１９７３）に発行した「戦後開拓のあゆみ」には、２７５地区の開拓の記録が残されている。これを基に各地を回ったところ、70以上の集落で開拓者が離農、移転していることが分かった。県の資料には詳しい場所や人名、写真などは残っていなかったので、農閑期の11、12月を使って現地を訪ね始めた。

想像以上の厳しさ

開拓村への入植者は、主に独立を夢見た農家の二男・三男たち。満州（中国の東北部）や樺太からの引き揚げ者も多かった。しかし耕作に適した土地はすでに農地となっていたため、残されていたのは人の踏み込まない奥地、山間部や荒れ地ばかりだった。そこで大豆や小豆、雑穀を栽培した。

私は山村育ちなので、山間地の農業については知っているつもりだったが、入植者から聞く厳しさは想像以上だった。

鹿角市にあった藤の岱開拓地では、昭和21年（1946）から大豆、小豆、雑穀の耕作を始めた。しかし連作障害で年々生産量が落ちた。沢伝いの道路は降雨のたびに決壊した。経営改善を目指して乳牛を導入したが、牛乳の運搬が難しく失敗した。同39年（1964）に全戸が移転した。

秋田空港に近い小友沢開拓地は道路事情が悪く、物資の運搬はすべて人手頼みだった。かつての入植者、星川ミツさんは「生活用水の水くみは畑仕事よりも重労働だった」と振り返る。由利本荘市の谷地沢西に入植していた関肇さんは、盲腸の母親をなかなか医者に運べず、手遅れになってしまった。

入植者は住宅建設、家畜の導入、風力発電の建設など行政からさまざまな制度や融資を受けられた。しかし多くの開拓地では返済に十分な収入が得られず、結果的に農家の借金を増やしただけだった。電気を通すのに、電線の設置費用の負担や電柱建設の労力提供が必要な地区もあった。ある農協組合長は「組合員の負債整理が主な仕事だった」と力なく話した。

将来の展望のない生活に見切りを付け、同30年代中頃から開拓地を離れる人が増え始めた。

県も同44年（1969）から集落再編成事業を始め、小集落の統合を促した。今思えば場当たり的とも言えるが、当時はやむを得なかったのだろう。ある入植者は「入植したことも離農したことも正しい判断だった」と淡々と語った。

「思い出したくない」

北秋田市の連瀬沢に入植した7戸は、昭和35年（1960）に南米パラグアイに移住した。標高が高く、秋になってもキャベツなどが結実しない厳しい土地だった。他の集落ではアルゼンチン、ブラジルへ移住した人もいるが、消息は聞こえてこない。

このほど、調査の記録を『秋田・消えた開拓村の記録』（無明舎出版）にまとめた。開拓地の調査では180人ほどにお世話になったが、「当時のことは思い出したくない」と話すのを固辞される方もいた。ほんの半世紀ほど前、私たちがうかがい知れない苦労をした先人の歴史を風化させてはならないと思う。

平成17年（2005）12月6日掲載／63歳

＊『秋田・消えた開拓村の記録』は、多くの新聞社から取り上げてもらった。その中で、日本経済新聞社が特に関心を示し、文化欄への掲載に至ったのである。

Chapter 3

第三章
秋田魁新報「声の十字路」

マドロス小唄知りませんか

No. 1

小松耕輔、三樹三、平五郎、清の四兄弟は、私の古里・東由利町生まれの音楽家である。俗に「小松音楽兄弟」と呼んでいる。いずれも東京に出て活躍し、多くの作曲や著書を残している。兄弟の一人、平五郎の曲に「マドロス小唄」がある。文献によると、昭和5年10月、キングレコードが設立され、翌6年1月「マドロス小唄」で、淡谷のり子がデビューした。

この「マドロス小唄」は、キングレコード第一回の大ヒットをもたらした。7年には帝国キネマから、この歌を主題にした「海の観兵式」という短編映画が作られた。「永田弦次郎を歌手として、マドロス小唄がリバイバルされた」と記載されている。

ところが、60有余年の時が流れた今、このメロディーは風化しつつある。私は数年前から地元の東由利町をはじめ、県内の年長者の人たちに尋ねているが、メロディーを知っている人に会うことができないでいる。

読者の中に「マドロス小唄」を覚えている人がおりましたら、ぜひ、ご連絡ください。

ちなみに作詞者は大曲市生まれの横沢千秋氏で、歌詞は次の通りである。

一　海が暮れれば　金の月が昇るよ
「一日千両だ　おいらはマストの帆桁（ほげた）で　ホレサひと踊り」

二　波が狂えば　ドント船がかぶるよ
「かぶればかぶれ　俺らにゃねんねんころりの　ホレサ揺れごこち」

同じ秋田県出身ということで、コンビを組まれたものと思われる。

平成9年（1997）11月11日掲載／55歳

マドロス小唄6人から情報

No. 2

11月11日付本欄に「マドロス小唄知りませんか」という私の投稿が掲載されたところ、見知らぬ人たちから貴重な情報をいただいた。

投稿の内容は私の古里・東由利町出身の音楽家である小松耕輔、三樹三、平五郎、清の兄弟の一人、平五郎の作曲した「マドロス小唄」のメロディーが風化しつつあり、知っている方は教えてほしいと呼び掛けたものだった。

6人の方から貴重な情報が寄せられた。

「マドロス小唄は15歳の時に親から買ってもらった蓄音機でよく聞いた歌の一つです」（十文字町・土肥貞夫さん）

「父が愛用した蓄音機とSPレコード数十枚を保存していたので、調べてみたらマドロス小唄が見つかりました」（本荘市・佐々木元さん）

「県南地区には『懐メロを楽しむ会』があり、マドロス小唄のレコードも持っています」（十文字町・榊原隆信さん）

「特にヒットしなかった歌にも良い曲が多くあることに気づき、20年前からSPレコードを集め始めました。小松兄弟のものはほとんどあります」（能代市・佐藤栄司さん）

「マドロス小唄は兄がよく口ずさんでいた歌でした。当時、私は10代半ばでしたが、メロディーは今も頭に残っています」（秋田市・鈴木文四郎さん）

「歌が好きで、若い頃覚えた曲を毎日口ずさんでいます。マドロス小唄はこの一つです」（協和町・松橋利助さん）

古里の大先輩の歌が、今もこのように県内各地で息づいていることに感動するとともに、先人の尊い遺産を大切に継承していかなければならないものと痛感した。ご協力に厚く感謝申し上げます。

平成9年（1997）12月9日掲載／55歳

作詞者の経歴知りませんか

No. 3

平成9年（1997）11月に本欄で小松音楽兄弟（小松耕輔、平五郎、清）について触れたことがある。三兄弟は私の古里・東由利町生まれの音楽家で、いずれも東京に出て活躍し、多くの作曲や著書を残している。

三兄弟は、小、中、高校の校歌も多く作曲している。今まで私の調べでは、北海道から鹿児島まで全国133校の校歌を作っている。このうちの34校が地元秋田県であり、最も多い。

作詞者は、土井晩翠、西条八十などの著名作家や地元の関係者など多数にわたっている。ところが、いくつかの学校は作詞者の経歴が不祥になっている。

県内では、増田町立増田小学校の校歌作詞者・田中徹翁さん、能代市立渟城第三小学校の校歌作詞者・豊田八千代さんの経歴がどうしても分からない。学校に記録が残っておらず、関係者に尋ねているが、覚えている人に出会えないでいる。

この田中さん、豊田さんの二人について、少しでも知っていることがあったら、ぜひ連絡をお願いしたい。

ちなみに、両校歌の歌詞の一番は次の通り。

増田小学校　（昭和3年制定）

田中徹翁　作詞
小松耕輔　作曲

由縁もゆかし　ゆたけき土の
土肥の園生に　生いたつ吾等
根ざしにこもる　若木の力
いやすくよかに　伸びゆく楽し
いざいざ伸びん　いざ伸びん

渟城第三小学校校歌　（昭和8年制定）

豊田八千代　作詞
小松　耕輔　作曲

わが東洋に　たぐいなき
製材所もて　知られたる
いとも住みよき　能代港

平成10年（1998）6月15日掲載／55歳

貴重な情報や激励に感謝

No. 4

6月15日付本欄に「私の郷里である東由利町出身の小松耕輔が作曲した能代市立渟城第三小学校と増田町立増田小学校の校歌の作詞者の経歴を知っている方は教えてほしい」と呼び掛けたところ、県内外の多くの人から貴重な情報が寄せられ、ようやく作詞者の経歴が分かり、感謝している。

渟城第三小学校の作詞者の豊田八千代さんについては、元扇田小学校長の千葉克一さん（比内町住）から「扇田小学校の校歌の作詞者が豊田八十代であり、同一人物ではないだろうか」と便りをいただいた。

また、元渟城第三小学校長の山木正俊さん（能代市住）からも「校長在職中に校歌について調べたことがあったが、いつの頃からか八千代となってしまった。八十代が正しいようだ」との情報が寄せられた。

おかげで豊田八十代さんが『明治聖代教育家名鑑』（明治42年発行）に掲載されていることが分かった。それによると「明治元年兵庫県生まれ、同県内の小学校教諭の後、同30年東京府青山師範学校教諭。『万葉地理考』『万葉植物考』などを著した」となっている。

一方、増田小学校の作詞者の田中徹翁さんについては、増田町の近野修蔵さんからお世話になった。近野さんが増田町史編さんに携った頃、田中さんの経歴が不明なことに気付き、５年間調べ続け、ようやく成蹊学園教授であったことを知り、成蹊大学に調査を依頼したとのことだった。

近野さんからの資料によると「明治12年、東京生まれ、大正３年から11年３月まで秋田女子師範学校に勤務。その後、昭和９年３月まで成蹊学園の教授となり、中学部、高等部の国語を担当した」となっている。

豊田さん、田中さんが能代市や増田町とどのようなかかわりがあり、また、小松耕輔とはどんな仲だったのか、いろいろ思いが広がるが、私にとって二人の作詞者の経歴を知ることができ、情報や激励をくださった方々に厚くお礼を申し上げたい。


平成10年（１９９８）９月25日掲載／56歳

小松兄弟の校歌に期待

No. 5

夏の甲子園野球大会は49の代表が出そろい、７日から熱戦が繰り広げられる。本県からは秋田高校が４年ぶりに出場する。ここ数年、県代表校の初戦敗退が続いており、今年こそ校歌が甲子園に響くことを願っている。

地元出場校の活躍を期待すると同時に、私にはもう一つの楽しみがある。それは私の古里・

東由利町出身の小松兄弟が作曲した校歌が甲子園に流れることである。

小松兄弟とは耕輔、三樹三、平五郎、清の四兄弟で、ともに東京に出て音楽家として活躍し、多くの作曲や著書を残している。俗に「小松音楽兄弟」と呼んでいる。

兄弟は全国の小、中、高校の校歌も作曲しており、私が調べた限りでは、兄弟合わせて210曲ほどが判明している。

高校の校歌も多くあり、甲子園には毎回数校が顔を見せている。今夏は愛媛代表の今治西高と新潟代表の中越高の2校が出場する。今治西高が耕輔、中越高が清の作曲である。

今治西高は甲子園通算25勝、ベスト4に5度進出した強豪である。今年は「義足の球児」として新聞やテレビで全国の話題を呼んでいる曽我健太三塁手がナインの一人であり活躍が楽しみだ。

一方、中越高は新潟県では最も多い8回目の出場である。平成6年夏には3回戦まで勝ち進んだ。秋田高とともに雪国旋風を期待したい。

ちなみに、今回は出場を逃したが、昭和43年（1968）夏の優勝校・興国高（大阪）や春夏連続準優勝を成し遂げた横浜商（神奈川）、それに山口鴻城高（山口）、龍谷高（佐賀）の強豪校も兄弟の作品である。

古里が生んだ小松音楽兄弟の曲が甲子園球場に響くことは本当に誇らしいことである。校歌の流れる回数が多い大会となるよう楽しみにしている。

平成15年（2003）8月6日掲載／60歳

＊ここまでは「読者の声」であったが、次からは「声の十字路」と名称が変わった。

公約には財源の裏付け必要

No. 6

選挙戦たけなわである。今回の衆院選は「マニフェスト（政権公約）選挙」と呼ばれるように、各党の公約がより具体化され、政策の戦いになりつつあることは喜ばしいことだ。そこで今回、各党から出されているマニフェストや主張を見て感じたことを二つばかり述べてみたい。

一つは破滅的な財政の再構築である。国や地方の債務残高が既に700兆円を超えている。止めどなく増え続ける借金財政をどう立て直すのか。今の日本の大きな課題である。しかし、このことに触れた党が一つもないことはどうしたことだろうか。「これを争点にすると選挙が不利になる」。こんな思惑からあえて外したのでは……私の邪推である。もしそうだとすれば全く無責任なことである。

もう一つは歳出削減に具体性がないことである。世論調査によると、今回の選挙で国民は年金問題に関して最も関心を持っているようだ。これを受けて、どの党も年金改革や社会保障の充実を掲げている。そして、いくつかの党がこの財源として「公共事業の削減」「無駄遣いの見直し」を主張している。歳出の見直し――誠に結構なことであるが、それでは具体的にどれが無駄な予算であり、削減する公共事業はどれなのかを平成15年度予算を例に挙げて示してほしいと問いたい。おそらくどの党も総論賛成、各論反対となり、結論が出ないのではないだろうか。猫の首に鈴、のような主張であってはならないのである。

マニフェストには具体的な財源の裏付けがなくてはならない。財政の再構築、具体的な歳出削減を見据えたものでなければ、単なるきれいごとで終わってしまう恐れがある。

9日の投票日には、耳当たりのいい言葉には惑わされず、実現可能な政策はどれなのかをじっくり検討して一票を投じたいと考えている。

平成15年（2003）11月5日掲載／61歳

参院改革へ一つの提案

No. 7

今年7月、参院選が行われる。参院については前々からその在り方が問われ、改革が叫ばれている。にもかかわらず、具体的な改革の内容がいまだに示されないでいる。そこで愚案かもしれないが、私の考えを述べてみたい。

私の所属する組織に「農協」と「土地改良区」がある。どちらにも「理事」「監事」という性格の違う役員がおり、組織運営に当たっている。言うまでもなく、理事は執行者であり、監事は監査役としての役目を担っている。監事には業務監査、会計監査、不正のチェックなど幅広い仕事がある。監事がしっかり機能している組織は活動が順調である。

参院をこの監事のような性格にしたらどうだろうかと考える。今の衆院、参院の仕組みは理事会が二つあるようなもので、分かりにくい。このことが参院無用論の声にもなっているように思える。参院を監事的なものにすることによって、その存在価値は高まり、問題が解決するのではないだろうか。

今、税金の無駄遣いの実態がいろいろな方面から指摘されている。つい最近では、事務所費問題が浮上、政治家のモラルがまた問われ出している。すっかりタガが緩んでしまった政官界。これはチェック機能が確立していないことによるものと思えてならない。参院は、衆院と役所を睨(にら)む怖い番犬的な存在になってほしいものだ。

7月の参院選では、各政党ともマニフェストに参院改革を第一に掲げて論戦を展開してもらいたい。先延ばしは許されない。

平成19年（2007）2月21日掲載／64歳

No. 8

「震災遺構」の保存・活用を

本紙18日付「月曜論壇」で、前教育長の根岸均さんが陸に打ち上げられた大型漁船が解体されるなど、東日本大震災の「震災遺構」が解体・撤去される方向になっていることに異を唱えていた。震災遺構の保存・活用を訴える根岸さんに共感を覚えた。

被災地には今も多くの爪痕が残っている。今春、壊滅的な被害を受けた宮城県名取市閖上(ゆりあげ)地区に、その近くに住む娘夫婦の案内で足を運んだ。建物の残骸はきれいに片付けられていたが、家々の基礎部分が道路の両側にそっくり残っていて、震災前の町並みをはっきり想像することができた。

私が「このまま保存して後世に伝えたいものだ」とつぶやくと、娘の夫は「被災者の心情を考えると難しいのでは」と言った。

確かにそうだ。最も望ましいのは故郷を離れている被災者がいずれは戻り、再び生活ができるようになることだろう。ただ、震災を後世に伝えることも必要。被災者が戻らない地域の震災遺構は保存・活用を検討してもいいのではないだろうか。

平成25年（2013）11月26日掲載／71歳

冬にうってつけ、初夢で見た競技

No. 9

昨年暮れ、「腕相撲世界一決定戦」と銘打ったテレビ番組が放送された。格闘家、大相撲、ハンマー投げの選手らによる熱戦にすっかり引き込まれてしまった。

それが頭から離れなかったのだろう。私の今年の初夢は「引っ張る力」「押す力」の世界チャンピオンを決める大会が開かれたというものだった。

引っ張る力は1対1の綱引きで争い、押す力は綱を棒に変えて戦うのである。棒押しは子供の頃によくやったものだったが、今は見かけなくなった。

これらは駆け引きも見ものだと思うし、腕相撲よりも観戦しやすい。県内の力自慢を募って大会を開催したらユニークで面白いのではないか。

老若男女が気軽に挑戦できるスポーツでもあり、特に運動不足になりがちな冬場はうってつけだと思うのだがどうだろうか。

平成26年（2014）1月16日掲載／71歳

No. 10

後世に伝えたい「ハタハタ音頭」

本紙11日付文化欄に、近年ほとんど耳にしなくなった「ハタハタ音頭」についての寄稿が掲載されていた。今秋、本県で開かれる国民文化祭などが全国に向けて発信するいい機会になるとし、再び歌い踊られることを願っていた。同感である。

ハタハタ音頭は80年前に発表された。東京で活躍していた県人の金子洋文が作詞、小松平五郎が作曲、石井漠が振り付けした。小松は私の古里・由利本荘市東由利の出身の作曲家で、郷土の誇りである。

20年ほど前、音源が見当たらなくなったことに気が付き捜したところ、能代市の男性がレコードを保存していることが分かった。レコードを持っている人はごく少ないと思われるので、大事にしていきたいものである。

ハタハタ音頭は「ふるさと秋田」を凝縮した作品と言ってもいいだろう。ぜひ後世に伝えたいものである。

平成26年（2014）2月24日掲載／71歳

No. 11

ＪＡ全中解体、理由は的外れ

農協つぶしが進められている。政府の規制改革会議が5月に打ち出した全国農業協同組合中央会（ＪＡ全中）の「廃止」は、その後「見直し」に変わったが、組織を解体しようとする意図は変わらない。

その理由は、ＪＡ全中が「地域農協の自主性と創意工夫の芽を摘んでおり、日本農業の発展を妨げている」というもの。だが、全く的外れだ。私たち末端の組合員には、ＪＡ全中の活動が見えないという思いもあるが、経営や活動がＪＡ全中に阻まれて自由にできないという声は聞いたことがない。

経済界では、農業に国費を使わせたくない考えが根強い。ＪＡ全中は農業予算の増額や環太平洋連携協定（ＴＰＰ）の反対を強く訴えており、見直しによって発言力を弱めようという意図が透けて見える。もし違うというのなら、実際に妨げている事例を具体的に挙げ、説明するべきである。

平成26年（２０１４）7月10日掲載／71歳

角館高の校歌、甲子園に響け

No. 12

全国高校野球選手権大会の49地区代表校が決まり、９日から熱戦が繰り広げられる。高校野球は球児たちのひたむきなプレーも魅力だが、勝利校が整列して校歌を高らかに歌うシーンも感動の一場面ではないだろうか。校歌がスポットを浴びる数少ない光景だ。

本県代表の角館高の校歌は、小松耕輔（１８８４～１９６６）が作曲した。小松は私の古里・由利本荘市東由利出身の作曲家。全国１７０ほどの小・中・高校の校歌を作曲している。このなかには、甲子園優勝１回の興国高（大阪）や同準優勝２回の横浜商（神奈川）、常連校の今治西高（愛媛）などが含まれる。今大会はどの学校も地区大会で姿を消した。

小松は、県内では7高校の校歌を作曲したが、このうち甲子園に出場したのは昭和44年（１９６９）の横手高だけ。その時は初戦で敗れて校歌を聞くことはできなかった。角館高には何度も歌声を響かせてほしいと期待している。

平成26年（２０１４）8月7日掲載／71歳

消費税アップ、意識改革必要

No. 13

先月末、本紙に「消費再増税10％を問う」という連載があった。登場した有識者４人はいずれも景気動向を基準に賛否を論じており、政治家の意識に触れた人がいなかったことが残念だった。

国の借金は１千兆円を超えてしまった。どうして借金が途方もない額に膨らんだのかという反省も、今後どのようにして減らしていくのかという具体的な計画もないままの消費税再増税にはとても賛成できない。

今、中央・地方政界とも「政治とカネ」の問題が相次ぎ、一向に収まりそうにない。金銭感覚に緩慢な人が、政治家には随分多いようである。このような状況で消費税を引き上げても増収分に群がり、歳出が歳入を上回る構図が続くだけだ。

政治家の体質が改善されない限り、仮に消費税を20％にしても財政赤字の増大は止まらないだろう。タガが緩んだオケに水を入れているようなものである。

消費税アップの前にまずやらなければならないのは、緩んだタガを締め直すことだ。カネに対する意識改革が先決だと思う。

平成26年（２０１４）11月8日掲載／72歳

No. 14

危機意識持って財政再建に本腰を

衆院選では幅広く政策論争が行われたが、「財政再建」については各党とも低調だったように思う。国民も政治家も強い危機意識を持っていない表れであり、残念に感じている。

今や国の借金は1千兆円を超えた。この額がどのような内容なのか。借金の額を国民1人当たりで換算すると約800万円であり、4人家族だと3千万円を超える。一般家庭には多額の借金だ。また、仮に消費税8%の半分に相当する10兆円を返済に充てたとしても100年はかかる。

こう考えてみると、普通の方法では到底返済できない巨額な額である。それなのに借金を減らすどころか、さらに増大の道を歩もうとしているのではないか。

日本の財政は、いつ崩壊するか分からない危機的状況にある。何とかなるだろうと、危機感を募らせないこと自体が危機だと思えてならない。社会保障も地方創生も財政が健全であってこそできる話ではないのか。

財政再建こそ今の政治の重要課題である。引き続き、政権を担うことになった安倍晋三首相には強い指導力を発揮し、待ったなしで取り組んでもらいたい。

平成26年（2014）12月25日掲載／72歳

＊6年経った今、さらに膨らみ、令和3年度の国・地方の借金は1200兆円を超えた。この結末がどうなるのか心配である。

働く場を創出し地方再生目指せ

No. 15

政府が平成27年（2015）度予算案を閣議決定し、「地方創生枠」として1兆円を確保した。また、人口減少対策の5カ年計画「まち・ひと・しごと創生総合戦略」を決定し、5年間で地方に30万人分の若者の雇用を創出するとの目標を掲げている。地方にとっては歓迎すべきことである。

かつて鉱業が盛んだった頃の県内には、多くの鉱山や炭鉱があり、ほとんどが町の中心部から遠く離れた山間地にあった。昭和30年代の大葛（だいくぞ）金山（大館市）や宮田又鉱山（大仙市）、北秋田市湯ノ岱地区の炭鉱などは狭い谷間にびっしりと住宅が立ち並び、都市並みの活気があったという。

これは安定した職場があればどんな地域であっても繁栄するという証しである。地方の再生は働く場の創出に懸かっているといえる。

政府は法人税の減税などで企業に移転を促すとしているが、これだけで企業が動くとは思えない。市町村がどれだけ優遇策を上乗せできるかが重要だ。うまく政策を活用して国に働き掛けて条件整備に取り組み、企業の誘致に乗り出してほしい。

平成27年（2015）1月26日掲載／72歳

将来につながる集落移転対策を　No. 16

昭和40年代、秋田県では集落再編成事業が行われた。この施策は山村地域の小集落を移転統合し、生活環境の整備を目的としたもので、集団移転事業として90集落ほどが新しい土地に移住した。

移転の際は補助金が出されたが、移転地は個々に任され、大半が各地に四散してしまった。

このような中、一部の町村では住宅団地を整備し一括移転を実施して注目された。1カ所にまとめるため、住民の絆が従来通り保たれること、神社や墓地を団地内に移すことによって伝統や文化も引き継がれることが評価されたのである。

調べてみたところ、十数集落が一括移転しており、小摩当、門(かど)ケ沢、大内沢(おおないざわ)（いずれも北秋田市）、福田（秋田市）のように旧集落名をそのまま受け継いだ所もある。40年余り経った今、一団地移転を評価する声が高まっている。

現在、県内の上流部にある小集落は過疎化が進み、一戸、また一戸と散り散りに土地を離れる状況が進んでいるようである。いつの間にか無人となって、やがて忘れ去られるという完全消滅だけは避けたいものだ。

集落が元通りに再生されることが現実的に無理な状況だとすれば、次善の策として前述した一団地への移転を行政、住民ともに考えてみてはどうだろうか。

平成27年（2015）2月28日掲載／72歳

6次産業化推進、中身に具体性を

No. 17

農業振興策として「6次産業化」がよく言われている。1次、2次、3次産業の数字を足しても掛けても「6」になることから生まれた言葉だという。今や農業関係者の会合では流行語のように使われているが、その中身になると具体性に欠けるように思う。

まず、副業、本業いずれを指すのかあいまいな場合が多い。自家で生産した農作物を加工して直売所で売るという副業的な方法は、近年女性たちにより県内各地で試みられているようだ。副収入が得られるだけでなく、グループで行えば地域の活性化や仲間づくりにもなり効果が大きい。

だが、本業となると、副業と違ってどれだけ所得増を図れるかがポイントになる。昨年来私は6次産業化関連のフォーラムに何度か出席したが、中には事業の活動状況の方が前面に出され、肝心の利益が脇に置かれた報告があり、疑問を感じた。6次産業化の目的は大規模にやることでも派手にやることでもないと思う。

また、副業としていくら素晴らしい実績を上げたとしても、本業がおろそかになり、足を引っ張るようでは本末転倒だ。近く始まる統一地方選では、6次産業化の推進が叫ばれるであろう。掛け声として終わらせることなく、内容を詰めて具体的に語ってほしいと思う。

平成27年（2015）3月24日掲載／72歳

No. 18

農家自ら社会に存在主張しよう

猫の手も借りたい農繁期を迎えた。と言ってもこの意味を知る人が年々少なくなっているように思う。

大型連休の頃から田植えが終わるまでの1カ月ほどは、稲作農家にとって一番忙しい時期である。この言葉は、誰でもいいから手伝ってほしいほどの繁忙さを表しているものだ。

昭和20、30年代の小中学校では1週間ほどの田植え休みが設けられて、応分の手伝いをすることが当たり前だった。農家ではない子どもも応援に出向いたし、地域でもこの時期の行事は極力控えられていた。

ところが近年はどうだろうか。連休に充てて結婚式や同級会などが催されることが普通になってしまった。農家の立場が年々、脇に置かれる傾向にあるように思え、何だか残念だ。この流れはもはや止めようがない状況にあると感じる。

しかし、考えてみると時代の流れにただ迎合してきた農家にも責任の一端があるように思う。農家は存在を社会にもっとアピールしていきたいものだ。

このような中、わが村のＪＡは農繁期中の日曜、祝日とも業務を休まずに対応してくれている。農家と一体となっていることは喜ばしいことである。


平成27年（２０１５）４月23日掲載／72歳

No. 19

農業政策は部門の明示を

安倍晋三首相は「農家所得を倍増する」「農業を輸出産業にする」と述べているが、首相が言う「農業」とはどの部門を指しているのだろうか。

ひたすらコメ増産の道を歩んできた昭和30年代までは、農業イコール稲作とも言えたが、現在は畜産、施設園芸、畑作、果樹と多様化している。私はコメ専業農家であるが、首相の言葉が稲作農業であるとしたら大きな疑問を感じずにはいられない。

昭和60年代には1万8千円を超えた米価が、昨年は8500円となり半値を下回った。今後も下落が心配される。一方、経費の方は大幅に値上がりしており、所得は半減の状態である。

このような状況で所得を倍増するとは、どのような算式によるものなのか。また、環太平洋連携協定（TPP）に農家が反対しているのは、国外から安い価格のコメが入ってくると稲作農業が大打撃を受けるからである。これを輸出産業にするとは現実からあまりにも懸け離れた話ではないだろうか。

もし、首相が他の部門を指しているとしたら、もっと具体的に述べるべきである。首相に限らず国内では現在、一括して農業と表現している場合が多い。このような状態で農業を語ると、往々にして焦点がぼやけてしまう恐れがある。単に農業とひとくくりにせず、部門を明示していくことが必要だと思う。


平成27年（2015）6月1日掲載／72歳

水より安い一食のご飯

No. 20

先日、スーパーの弁当売り場をのぞいた。ご飯が入ったものはだいたい300～500円くらいで、どれもご飯の量は同程度だった。白米に換算すると約100g。「あきたこまち」を使用したとすれば40円程度である。

弁当に占める「ご飯代」は1割前後に過ぎず、後はおかずや加工代などである。現在、飲料品の多くは100円を超える。一食のご飯はペットボトル入りの水よりも安いのである。

しかし、一般的にコメは安いとは思われていない。外国産米の安さがあまりにも強調され、国産米の価値が正しく理解されていないからだと思う。

JAなど農業関係者には、もっとPRに力を入れコメの評価向上に取り組んでもらいたい。

平成27年（2015）7月6日掲載／72歳

閉校した学校の資料を展示しては

No. 21

先日、秋田市や横手市の小学校で行われた閉校式の記事を見た。小中学校の統廃合の進行は止まらず、多くの学校が閉校している。この10年間で小中学校数は97校減少したとのことだ。

20年ほど前、私は廃校となった分校について調べるため、県北のある小学校を訪ねたことがあった。案内された2階の一室には統合される前の学校の各種資料が展示、保存されていた。

当時の校長は「単なる保存だけでなく、閉校した学校の卒業生に気軽に足を運んでほしいと思い、空き教室を利用して展示室を作った」と話してくれた。とても感心した。

閉校を伝える記事を読むたびに、この学校、校長の言葉を思い出し、統合などで新しくなった学校には閉校した学校に関する資料を展示、保存する一室を設けてほしいものだと思う。県教委には、このことが定着するよう検討を望みたい。

平成27年(2015)12月12日掲載/73歳

No. 22 地籍調査事業、進め方急いで

県内で地籍調査が実施されてから60年近くになるものの、県によると進捗率はいまだ60%台だという。

地籍調査の起源は、明治時代初期に新政府が財政基盤を固めるために始めた「地籍編纂事業」といわれる。全国の土地を測量し、面積と図面を作製する大事業だった。

しかし、すべての土地を完全に測量することには無理があり、目算で作られた個所も多かったようだ。実際に私が所有する古里の山林は、10倍ほど面積が増加した。

実情と会わない事例が多いため、調査を急がなければならないが、進捗率が示す通り、作業は遅々として進まない。国の予算と合わせて各市町村の盛り上がり不足が大きいようだ。総じ

て面積が増えるため、税金が高くなり土地所有者からも歓迎されない。
時間を置くほど境界や土地の履歴などを知っている人が少なくなり、調査は困難になる。何よりも100年以上前の誤差の大きい地籍簿に頼っているのは時代に即さない。関係者に早急な対応をお願いしたい。

平成28年（2016）3月29日掲載／73歳

これに対して次のような回答が寄せられた。

実情に即した予算の確保を

県国土調査推進協議会会長　児玉　一

先月29日本欄に掲載された「地籍調査事業、進め方急いで」について現況をご説明します。

地籍調査事業は市町村が実施主体となり、各市町村の年次計画に従って事業を進めており、その費用は国、県、市町村が負担しております。

近年の国の予算については、厳しい財政事情から将来予想される南海トラフ地震などの大地震や、土砂災害想定区域など防災に資する地域などを優先して予算の重点化が図られており、これに属さない一般地域への割り当てが低い状況となっております。

本県では一般地域の比率が比較的高いことから、全国と比べて予算配分が低い状況となっており、一部市町村ではこうした状況を踏まえ、計画通りに事業を推進していくための単独予算を計上しております。

県国土調査推進協議会では、会員である県・市町村と連携を図り、地域の実情に即した予算が確保されるよう関係機関に対して要望するなど、より一層の事業推進に努めてまいりますので、ご理解とご協力をお願いいたします。

平成28年（2016）4月4日

No. 23

不動産登記事務の市町村移管を

先日、県内の法務局の本局・支局が計5カ所（秋田、大館、能代、本荘、大曲）になっていることを知った。

私が調べたところ、昭和40年代には県内に40を超える支局・出張所があり、登記所と呼ばれ、地域にとって身近な存在であった。その後、利用者の減少に伴って統廃合が進み、現在の数に整理されたようだ。

だが、いかに車社会とはいえ、5カ所では不便ではないだろうか。そこで私は、不動産登記事務を国から市町村への移管を提唱したい。

登記制度は明治初期の地租改正に端を発している。新政府は財政基盤を固めるため、全国一斉に地籍編纂事業を行い、国税として土地課税をした。このことによって土地の私的所有権を認める登記制度が誕生した。

こうした歴史的経緯があるため、今も国の事務として続いているが、現在、固定資産税は地方税になっていて、市町村が事務処理を行っている。従って、結婚や出生、死亡などを扱う「戸籍」と同様に、土地や家屋の登記も市町村の事務とした方が身近で便利だと思う。行政改革の観点からも市町村への移管を検討してほしいものだ。

平成28年（2016）6月18日掲載／73歳

No. 24

現状に合った法律や制度を

20年前、郷里の由利本荘市にある私有林に作業道を通すため、周辺の原野を少しだけ購入したところ、この土地には明治39年（1906）に当時の金額で50円の抵当権が設定されていた。

抵当権を抹消するには土地購入代金を超える費用が掛かるため、そのままにしておいた。

しかし今年になって、諸事情により抵当権を抹消しなければならなくなった。現行制度では、抹消には数種類の書類を準備するする必要があるなど素人には面倒な作業であることを知った。司法書士などのプロに頼めばそれなりのお金が掛かってしまう。

民法では、個人的なお金の貸し借りなどは10年間放置しておくと権利がなくなる「時効」が定められているようだ。このことを考えると、１００年以上放置された抵当権の効力が、いまだに失われていないことに疑問を感ずる。

行政相談員をしている知人によると、これと似た事例が多く存在しているという。現状に合った法律や制度への見直しが必要なのではないだろうか。

内閣改造で法務大臣となった金田勝年氏には、このような表に出ない問題にも目を向けてもらい、制度の改革に取り組んでほしいと切望する。


平成28年（２０１６）９月７日掲載／74歳

遠藤章氏の顕彰碑に思う

No. 25

28付本紙に、応用微生物学者・遠藤章氏の顕彰会が、古里の由利本荘市で設立されたとの記事が載った。遠藤章氏は米医学会最高賞のラスカー賞を受け、毎年のようにノーベル賞候補者として注目されている。郷土の人たちはもちろん、故郷を離れた人にとっても誇りであろう。今年こそ受賞が実現することを願っている。

顕彰会は、来春の完成を目指し顕彰碑を建立する計画という。私も東由利出身なので、顕彰碑建立には大いに賛成である。ただ、建立場所についてはいま一度、検討を願いたい。計画されている場所は、遠藤氏が学んだ本荘高校下郷分校の跡地（東由利老方）という。だが、その場所は国道から離れている上、地元の人でも特別な用事でもなければ訪れないように思う。私は多くの人たちが立ち寄り、目にすることになる「道の駅東由利」付近が適地ではないかと考える。

東由利地域はほかに、日本初の創作オペラを作曲した小松耕輔（１８８４～１９６６）を含む小松４兄弟といった音楽界で活躍した人物も輩出している。顕彰会同士が連携して道の駅付近に小公園を整備し、それぞれの顕彰碑を建立してはどうだろうか。東由利が誇る偉人を、より多くの人に知ってもらう機会になると思うのだが。

令和2年（２０２０）7月29日掲載／77歳

これに対して、次のような賛成意見が寄せられた。

人が集まる場所に顕彰碑を

秋田市寺内　田中洋子　77歳

7月28日付本紙に、応用微生物学者の遠藤章氏の顕彰会が設立されたとの記事が載った。由利本荘市東由利出身の私としては、少し遅いくらいだと思いつつ、とてもうれしく、ほっと胸をなで下ろした。

しかし、顕彰会が計画する顕彰碑の設置場所については、遠藤氏が学んだ本荘高校下郷分校の跡地と知り、「それはどこ?」と考えてしまった。古里とはいえ、私にとってはなじみのない場所だったからだ。

これに反応したのは私だけではなかった。29日付本欄に、下郷中学校時代の同級生である佐藤晃之輔さん(大潟村)の投稿が載った。設置場所を検討してほしいとの意見だった。佐藤さんは国道107号沿いの「道の駅東由利」周辺が適地だと主張していた。東由利を離れても、故郷を愛する人たちの声を代弁するかのように、素早く行動してくれたことに感謝した。

遠藤氏は、ノーベル賞候補に何度も名が挙がる偉大な人物である。県内だけでなく、全国各地から顕彰碑を見に来る人がいるはずだ。それを踏まえ、しっかりした記念館をつくってほしいものだ。

「道の駅東由利」や隣接の入浴施設「湯楽里」には連日多くの人が訪れる。東由利も他地域と同様に人口減、そして高齢化が進む。それゆえ交流人口の増加を見据え、こうした人が集まる場に誰もがうなずくような立派な記念館をつくってほしいと思う。そのため手伝えることがあれば、私たち出身者は協力を惜しまないという気持ちがある。

令和2年（2020）8月3日

No. 26

〈特集・菅政権に望む〉

深刻な少子化に力注いで

現在、本県は少子高齢化が進行している。県人口は昭和31年（1956）の134万9936人をピークに減少基調が続き、8月1日現在で95万3582人にまで落ち込んでいる。

深刻なのが、県内児童数の減少である。ピークの同33年（58）に22万9947人を数えた児童数は、昨年度4万1381人と8割減った。小学校数も、最多だった同31年の522校から195校と4割以下になった。

特に農山村部では、児童の減少に伴い多くが閉校となった。菅義偉首相の出身地、湯沢市秋ノ宮周辺を例に挙げると、県内児童数が最多だった同33年、秋ノ宮、中山、湯ノ岱の3小学校に800人以上がいたようだ。現在はいずれも閉校しており、同地域からは35人が雄勝小に通っているという。

少子化がこのまま続くと、小学校が消えてしまったように、今度は多くの地域が消えてしまうことにならないかと危惧している。菅首相は、古里の実情を良く知っているはずだ。地方創生、とりわけ農山村の再生を最重要課題として、注力してくれることを願っている。

令和2年（2020）9月28日掲載／78歳

廃校で消えゆく校歌残したい

No. 27

11月25日付本欄で、作左部きみ子さんの投稿「童謡、唱歌を歌い継いで」を読んだ。本紙コラム「内館牧子の明日も花まる！」を読み、情緒ある日本語の童謡、唱歌を歌い継ぎたいとする内館さんの強い思いにとても感動した、という内容だった。

作左部さんは、内館さんが平成25年（2013）から月刊誌に「消えた歌の風景」というエッセーを連載していることを、コラムを読み初めて知ったという。私も同様である。

私は童謡と唱歌に、もう一つ校歌を加えたいと思う。校歌には、その土地の山や川や自然の美しさを取り入れたものが多く、古里の歌ともいえるのではないか。だが、近年は少子化の影響で学校の統合が進み、廃校とともに歌い継がれなくなってしまう。校舎が消えても親、子、孫の心に共通して残っているのは校歌ではなかろうか。この古里の歌ともいえる校歌を、残していきたいものである。

くしくも作左部さんの投稿が載った日の本欄には、菊池恵美子さんの投稿「閉校した母校をしのぶ」が、「すいよう学芸館」の欄には、写真家・大野源二郎さんが写した廃校の写真2枚が掲載されていた。この3本の記事を見て、校歌保存の思いを強くした。

令和2年（2020）9月28日掲載／78歳

No. 28

〔選挙　私の視点〕

秋田が直面する最重要課題は

今月17日付本誌に、「もしも、あなたが県知事だったら」という記事が掲載されていた。秋田魁新報社の「こちらさきがけ特報班」が行った市民アンケートを基にしたもので、おのおのが考える本県の活性化策がつづられていた。

冒頭、「一に企業誘致、二に企業誘致、三、四はなくとも五に企業誘致」という県南の50代男性の意見があった。男性は「人口減の元凶は働く場がないことに尽きる」と指摘しており、全くその通りだと思った。

　そして18日に知事選が告示され、わが家の近くにも候補者のポスターが張られた。私は、それを見てびっくりした。４人はそれぞれ理念やうたい文句を掲げているが、一人として人口減対策や企業誘致、雇用創出を前面に押し出す文言を載せていないのだ。

　１枚のポスターだけを見て判断するのは拙速かもしれないが、候補者は、本県が直面する厳しい実情をどう考えているのだろうと疑問に思った。私は、県政の最重要課題は人口減だと考える。食い止めるには、県南の50代男性の言う通り、働く場をつくることだ。

　もちろん、ポスターに書き切れないビジョンや政策があることだろう。減り続ける本県の人口について、どう考えているのか。これから演説や報道を通し、じっくり４候補の主張に耳を傾けたい。


令和３年（２０２１）３月24日掲載／78歳

Chapter 4

第四章 東由利町農協だより

八郎太

No. 1

大規模農業を夢見て入植した大潟村。このわが村は事あるごとに物議を醸し、みなさんからひんしゅくを買っていることに心苦しさを感じています。

『チロヌップのきつね』で有名な高橋宏幸先生の作品に『八郎太』というのがあります。その昔、八郎太という百姓が村の人たちと一緒になって、八郎潟を干拓して美田を造りましたが、欲がでて田んぼを独り占めしてしまいます。すると、たちまち天罰が下り、三日三晩嵐が続き、干拓は元の湖と化し、広い田んぼが消えてしまったというストーリーです。

許せない巨大な自然破壊と、入植者の多くが八郎太となっていることに先生の怒りが込められているような気がします。

この物語の舞台、大潟村で生活している私には、複雑な思いです。

八郎潟干拓は、「科学の英知」とうたわれた世紀の大事業でした。このことに私は何の疑問も感じないで生きてきました。しかし、最近感ずるようになった高度経済成長への疑問が、自分の立っている大地にまで及ぶようになっています。

人間は科学の力で世の中を発展させてきました。このように便利な社会になったのは「人間の英知」にほかなりません。しかし、もっと便利に、もっと便利にと際限のない欲望は、自然破壊へと進んでしまったのです。大きく自然に手を加えることは、人間の英知を超えて「人間のおごり」となってしまいます。とすれば、湖を陸地に変えた巨大開発・八郎潟干拓は、人間のおごりなのかもしれません。こう考えてくると、海の上に橋を架けた瀬戸大橋、海の下をくり抜いた青函トンネルなどにも疑問が広がってしまいます。

かく言っても、今の私には大潟村を離れた生活はできません。大きな心の矛盾を抱えて生きています。ただ、八郎太にだけはなってはいけないと誓っています。

平成8年（1996）4月号に掲載／54歳

増産

No. 2

田植の季節を迎えました。

私の子供の頃は、田植えは稲刈りと並んで「猫の手も借りたい農繁期」と呼ばれ、農家では最も忙しい作業でした。学校では田植え休みが設けられ、小さい子供でも応分の手伝いをするのが当然となっていました。地域でもこの時期の行事は開催を極力控えておりました。しかし、今はどうでしょうか。田植えの時期に修学旅行を実施したり(東由利町では行わないと思うが)、都会の親戚では結婚式まで挙げる始末です。いつの間にか、一般社会から農業は軽くみられるようになってしまいました。残念なことです。

今、日本は飽食時代と呼ばれ、年間に捨てられている残飯の量が1千万tとも言われています。国土の11%と耕地の少ない山国日本は、有史以来、食糧難との闘いであったはずです。それなのに、いつからこんなに食べ物が余ってしまったのでしょうか。これは70%もの多くを外国から輸入するようになったからです。しかし、この食料輸入がいつまでも保証されるものではないと思います。

今、世界に目を向けると、多くの人が飢えで苦しんでいる姿がテレビで報じられています。加えて、爆発的な人口増加が、ますます飢えを拡大するであろうといわれます。

多くの学者が、世界規模での食糧不足が近いうちやってくる、と警告しています。

一方で「飢餓」なのに、こちらでは「飽食」というようなことは、とても許されるものではありません。バブルがはじけたように、「飽食がはじける」時が、今に必ずくると思います。やがて国内の食糧は不足し、昭和20～30年代のあの増産の時代が、またやってくるのです。減反は農村を暗くしますが、増産は明るくします。

明るい農村「増産の時代」がきっとやってくると信じ、私は農業を続けます。


平成8年（1996）5月号に掲載／54歳

森林

No. 3

山々の緑の鮮やかな季節となりました。森林は私たちの目と心を和ませてくれます。

この森林は、いろいろ大切な働きをしていることが知られています。汚れた空気をきれいにしたり、雨水を保水し川の流れをつくっていることは、今さら言うまでもないことです。

ところで、私たちの一日は、紙を捨てることから始まります。朝起きて、郵便受けをのぞくと村内の役所や団体からの文書に混じって商品の広告チラシなどが入っています。新聞折込みを加えると相当の量です。一通り目を通しますが、大半が不要なものでありゴミとなって消えていきます。このことは、私のみならず日本中の多くの家庭でとられているライフスタイルではないでしょうか。

私の子供の頃は、紙は貴重品でした。習字の時、白い紙は清書用、練習には古新聞紙を使用しました。しかし、この新聞紙さえ祝沢分校の子供たちは不自由しており、藤原先生（老方住）が持ってきてくれたものでした。このような生き方をしてきた私には、毎日の紙捨てが本当にもったいなく思えてなりません。努めて裏が白い紙は残して使用していますが、使い切れるものではなく、部屋は紙の山になっています。

ご存知の通り、紙の原料は木です。私たちは、毎日何本も何十本もの木を捨てていることになります。木の生長に見合った伐採をしなければ、山の木は尽きてしまいます。森林破壊は絶対に防がなければならないことです。このためには、古紙回収や再生紙の利用などはもちろんですが、ムダに紙を使い捨てにしないという心構えが一番大切なことです。

時々東由利に帰ります。新緑の山々、濃緑の山々、紅葉の山々、いつの自然も心が洗われます。ふるさとの森林がいつまでも美しいものであってほしいと願っています。

平成8年（1996）6月号に掲載／54歳

＊平成8年2月、東由利町のある大先輩から「町外に出ていろいろな立場で仕事をしている数人の方の声を農協だよりのコラムに掲載したいので、協力してほしい」と声が掛かり、せん越ながら引き受けたのであった。

Chapter 5

第五章 祝沢・分校と部落のあゆみ

祝沢分校を偲ぶ

No. 1

私が学んだ頃の祝沢分校は、教室が一つで先生は1人、1年生から6年生までの複式であった。学校というよりも寺子屋という呼び名がぴったりだったと思う。終戦まもなくの頃なので、特別教材があるわけでもなく、先生は随分苦労されたことであろう。

私たち分校生が本校の老方小学校に行くのは、年に数回だけだった。入学・始業式、運動会、学級写真の撮影、学芸会、修卒業式など主要行事の時であった。

早朝、私たち分校生は5、6年生を先頭にして集団で本校へと向かった。1時間半かかりようやく老方に着く。家並みがずっと続き、商店もたくさんある老方の集落は、当時の私には大きな町というように思えた。

いよいよ本校に着いて、入り口に入るなり困ったことに直面してしまう。履物をどこに置けばよいのか、戸惑ってしまうのである。特別分校用の下足棚などないので、土間の隅の方にみんなでまとめて置いたものだった。

そして、各々自分たちの学年へと分散していったのであるが、教室に入るなり、また困ったことに直面してしまう。机、イス——要するに自分たちの座席がないのである。履物置場以上の困惑となる。佐藤忠君、辻田稔君、遠藤セツ子さんの４人は、教室の後ろでしょんぼり立っているしかなかった。

不意の侵入者に本校の子供たちは、ワイワイ言いながら集まってきて、珍しそうに私たちを取り囲む……。言いようのないみじめさと、きまりの悪さが込みあがってくる……。しばらくして、級長が分校生の来校を先生に連絡したのであろう、担任（当時は受持ちといった）の先生が見えられ、座席を準備してくれて、ようやく落ち着くのであった。

先生にしても、私たちと同じ状況だったと思う。教員室に入っても自分の座席もなく、気後れして分校生の来校を告げる言葉も出てこなかったのではなかろうか。今ではとても考えられない時代だった。

運動会のゲームや学芸会の学年合唱は1回も練習していなかったので、困惑することが多かった。

このように分校は、人知れぬハンディを背負っていたのであった。

こんなことが心の傷となって、分校や古里に対するひがみが、知らず知らずのうちに大きくなっていった。青年期になっても、自分の能力不足をへき地のせいであるかのように思い、祝沢からの逃避を考えるようになったのである。

しかし、古里を離れて25年――。夢に見るは大潟の大地ではなく、四季折々に彩られた東由利の山河であり、そこで過ごした青春の思い出である。古里祝沢こそ、今日の私を包み育んでくれた母なる大地であることに気づき、深い思いに誘われるこの頃である。

祝沢分校1～6年生（昭和29年12月）

編集後記

No. 2

大規模農業に思いをはせ、祝沢を離れたのは昭和44年（1969）11月、27歳の時でした。入植初期は、営農の確立や子育てに追われる毎日で、古里を顧みる心の余裕もありませんでしたが、15年、20年と年を追うごとに、古里の想いが強くなってきます。

昭和53年（1978）、祝沢のシンボル――祝沢分校が閉じられました。これも時代の流れ……と当時は軽く受け止めていましたが、今考えてみると、76年の長い校史が閉じられたことは、大変深い意味を持つものだったと、認識を新たにしております。

16年の歳月が流れ、今では校舎も、校門も、ブランコもすべて姿を消し、分校は私たちの心の中にだけ生きることになりました。この思い出が確かなうちに、分校の記録を残したいものと、数年前から考えてきましたが、いざ実行となるとなかなか思うように進まず、重い腰を上げたのが、昨年11月でした。同窓生名簿を作成し、全国の皆さんに送付したところ「是非やってほしい」と多くの方々から思わぬ反響があり、取り組みを決意しました。

分校と部落は一体のものでしたので、部落のあゆみも加えてみたいと思い、手掛けてみました。資料も特別なかったので、祝沢の各家々を何回となく訪問したり、ゆかりのある方々を訪ね歩き、お話をうかがいました。新しい事実を発見したり、不明な点が解明する度に、強い感動を覚えました。特に、小野寅松さん宅で、祝沢の草創を知る古文書に巡り合った時の感動はひとしおでした。

平素疎遠にしていた方々とも親しくお話ができ、私にとってこの一年は、楽しく充実した日々でした。

力不足のため、十分な内容のものではありませんが、どうにか分校誌発行にこぎつけました。温故知新――古きをたずねて新しきを知る、との言葉がありますが、この冊子が少しでも皆様方に役立つことができれば幸いです。

内容の間違いや誤字脱字も多いことと思います。お気づきの方はご一報いただければ有難く思います。

ご寄稿くださいました方々には厚くお礼申し上げます。また、お忙しいところ色々話し相手になってくれたり、写真や資料などをお貸しくださいました祝沢の皆様には、深く感謝申し上げます。

この冊子の編集にあたっては、東由利役場の寅田敏雄さんに大変お世話になりました。良き友を持つことは有り難いものだと改めて感じました。

最後に、同窓生並びに関係者各位の一層の活躍と幸せをご祈念申し上げます。

（平成６年12月記）

＊私の作った最初の本である。平成６年（１９９４）12月刊行した。

Chapter 6

第六章 高村分校の軌跡

No. 1 トランジスターからのメロディー

昭和37年（1962）11月17日、高村分校への第一歩である。ようやく二十歳（はたち）になったばかりの小僧っ子教師。数日前に買ってもらった背広を身につけ、初めて見る高村に心を躍らせながら分校目指してペダルを踏んだ。

小倉集落を過ぎて、少し進むと急な坂道――樽水（たるみず）峡谷に差し掛かる。開通したばかりの林道には採石が厚く敷かれており、ザクザクして歩くのが容易でなかった。押している自転車が邪魔に思えた。しかし、山水画を思わせるような樽水の自然美を見とれて進むうちに、歩きにくさなど忘れていた。

長い坂道を上り切ると、高村集落が眼前に広がった。初めて見る高村は、晩秋の静かなたたずまいを見せていた。祝沢分校で過ごした頃、先生が「この山の陰には、高村という所があり、祝沢と同じように分校があるんだよ。いつか山を越えて高村分校を訪ねてみようね」と話してくれたが、実現できないでしまった。中学校に進んでからも、高村の級友と遊びに行くことを度々会話したのであったが、これも実行されずに終わった。私にとって高村は、このように子供の頃から思いを抱いた土地であった。

まだ電気が入っていなく、点灯となった12月13日までの1カ月近くをランプで過ごすことになった。同僚の工藤賢一さんは、家が分校に近いことから、根雪になるまで自分の家

高村分校3～5年生（昭和37年11月）

から通ったので、独りで分校での自炊生活が始まった。電気炊飯器が使用できないため、ストーブに鍋(なべ)を載せてのご飯炊きは、なかなか技術の要するものだった。

分校は、滝ノ下と高村のほぼ中間の一軒屋であった。夜になるとシーンと静まり返り、ランプ生活は全く自分だけの世界となった。

分校には、数年前NHKから贈られたというトランジスタラジオが一台あった。夜になると、歌番組がよく放送されていた。三橋美智也、春日八郎、美空ひばりなどの全盛時代で、私はこの人たちの歌が好きだった。中でも、三橋美智也の「古城」のファンであった。火災の危険から、布団に入るときは必ずランプを消さなければならない。真っ暗になった中で、枕元のラジオから流れる歌を耳にしながら、眠りに就いたものである。この時聞いた古城のメロディーは、特別心に残るものであった。今も古城が流れるたびに、あの時の高村分校が思い出される。

編集後記 No. 2

昭和44年(1969)11月、新しい校舎に新しい先生を迎え、高村分校が開かれていた。ちょうどこの時、工藤賢一さんと私は大潟村第四次入植のため、古里・東由利町を後にした。希望に燃えた八郎潟干拓であったが、いきなり大きな試練に直面した。米が過剰となって45年度から減反政策が実施されることになり、新しい田んぼは造らないとの方針から、四次入植者143人の取り扱いが問題になったのである（最初の1年間は入植訓練所での生活）。訓練生全員を出身地に帰すことが検討されているとの情報も飛び交い、不安を募らせながらの訓練であった。大潟村のスタートは、このように厳しいものだった。

こんな折、分校の子供たちから訓練所に手紙が届けられた。「寒い中、トラクターの練習をしていますか。がんばってください」「先生、お嫁さん見つけましたか。今度来るとき、嫁さんを私たちに見せてね」……などなどが書かれていた。純真な子供たちの文面は、沈みがちな私の心を大いに力づけてくれた。この便りは、今でも大事に保管している。

その後、分校が開かれるたびに幾度か訪ねてみたが、年々児童が減少していく姿に寂しい思いをした。そして、昭和53年（1978）度からは本校通いとなり、分校は閉じられた。明治以来歩み続けた高村分校は、76年間の役割を終えたのであった。

電気の開通されない昭和37年（1962）、初めて高村の地を踏み、新校舎建設に至った44年までの7年間、私に貴重な体験と多くの思い出を与えてくれた高村分校であった。四半世紀が過ぎた今も、子供たちと走り回ったあの日、部落の方々と高村振興を語り合ったあの時が、昨日のごとく頭から離れることがない。このように私の人生にとってかけがえのない高村分校であったので、おこがましいながらも分校の足跡を残したいものと思い立ち、小誌の発行を手掛けさせてもらった。

資料が乏しく、聞き取りによって進めてみたが、明治、大正期を語れる方はほとんど存命しておらず、もう10年早く手掛けていたら……と悔しい思いの連続であった。このような中で、中村松之助先生がご健在でおられたことは本当に有り難いことであった。編集は全くの素人だけに、多くの不備が目に付くことと思われるが、この度どうにか体裁を整えることができた。80年に及ぶ分校の軌跡として、少しでも役立つことができれば幸いである。

玉稿をお寄せくださいました方々、貴重な話をお聞かせくださいました高村部落や関係者の皆様には厚くお礼申し上げます。また、東由利役場総務課長の寅田敏雄さんからは、前回の祝沢分校の記念誌同様、大変お世話になりました。

末尾になりましたが、教え子の佐藤紀雄君、工藤京子さん、阿部栄一君は若くして逝ってしまいました。数年前、京子さんから「5年生になる子供が、社会科で大潟村の勉強をしているので、何か資料を送ってほしい」と元気な電話があったのに……。ただただご冥福をお祈りいたします。

最後に、皆様のご健康と高村部落のご発展をお祈り申し上げます。

（平成8年10月記）

Chapter 7

第七章 教育誌「風土」〈消えていった分校〉

No. 1

「カタツムリ学校」と呼ばれた小国分校

私は小学校の6年間を草深い由利の分校で過ごした。当時は、小学校まで遠い地域には至る所に分校が開設されていた。

この分校も、時代の流れにより昭和40年代から50年代にかけて閉校となり、ほとんどが姿を消した。懐かしさに駆られて調べてみたところ、秋田県内からは１４５校（冬季分校含む）が校史を閉じていることが分かった。

年とともに人々の記憶から薄れていく分校の記録を残したく、おこがましいながら今年9月『秋田・消えた分校の記録』（無明舎出版）として発刊させてもらった。

145校の中から特に印象に残った分校をピックアップして紹介したいと思う。今回は大湯小学校小国分校である。

小国分校は、別名「カタツムリ学校」とも呼ばれ、山から山を移動したという異色の分校であった。『大湯小学校百周年記念誌』から初めて私はその存在を知った。

戦後の炭焼きが盛んだった頃、毛馬内営林署（現森林管理署）が十和田湖近くの小国地区に事業所を設け、多くの従業員を家族とともに入山させて製炭を行った。この子供たちのために営林署が建てた学校だった。

一つの山の木を切り尽くすと、別の山に仕事場を移した。山から山へと移動する生活は流浪の民という言葉が連想されるようなものであった。分校も事業所の後を追って移動した。昭和31年（1956）、NHKラジオから「カタツムリ学校」というタイトルで全国に紹介され、話題を呼んだという。同29年9月9日付の読売新聞及び毎日新聞の県内版に「新天地へ夢と期待」「原木を追って移る師弟十三名」などと、3度目の移転地・冷川に移動する様子を紹介している。二つの新聞とも「カタツムリ学校」という名を使用している。

小国分校は昭和24年（1949）に開設され、33年（1958）に閉校となっている。10年足らずの歴史だった。雪と大自然に囲まれた海抜600mの地での暮らしには、さまざまなドラマがあったに違いない。分校で学んだ子供たちは、そして教鞭を執った先生たちは今、どこでどうしているだろうか。私は強い興味を覚えた。

廃校から40年の歳月が流れた今、「カタツムリ学校」のことを知る人は少なかったが、幸い関係していた４人を捜し当てることができた。成田光雄さん、熊谷昇一さん、中川康太（旧姓達子）さん、諏訪哲夫さんである。

鹿角市に住んでいる成田さんには、直接訪問して話をうかがった。昭和31年に小学校に入学し、33年に中学校を卒業したというから、ちょうど小国分校と歩みを共にしたことになる（中学校の分校も併設されていた）。くしくも私と同年であり、大いに話が弾んだ。

秋田市に住む熊谷さんは、小国分校の開設を直接手掛けられ、昭和55年（１９８０）に二ツ井営林署長を退職された方である。「昭和23年、小国事業所主任だった私は、木炭生産を１万俵から6万俵に増産するよう指示された。このためには、30世帯ほどの作業員が必要になる。私は学校を設ける必要があると思い、費用は営林署で一切持つので、何とか分校の開設をお願いしたいと頼み込んだ。こうして24年11月28日、大湯町長はじめ多くの来賓を迎えて小国分校の開校式を挙げることができた」と当時を述懐してくれた。

中川さんは33年、小国分校に幕が降ろされるのを教師として見届けた一人である。現在、岐阜県可児市に住んでいる。便せん10枚に書かれた便りと廃校記念アルバム、分校のことが書かれた週刊誌や新聞のスクラップなどを送っていただいた。

手紙には「山奥で学ぶ」という県政ニュース映画が作られたこと、その映画を見るため、子供たち、父母と一緒に一日がかりで毛馬内の映画館に行ったことなど、多くの思い出がつづられていた。

映画は県の広報課が制作したもので、32年7月12日付の秋田魁新報には「県政ニュース第十三号の『カタツムリ学校』と呼ばれる特殊な辺地校は、まさに掘り出し物だった」と紹介されている。

諏訪さんは地元の大湯生まれで、現在は鎌倉市に住んでいる。NHK秋田放送局に勤めていた31年に「カタツムリ学校」を取材した方である。諏訪さんからも懇切丁寧な便りと写真をいただいた。

教育には素人であったが、地域、教師、子供の人間的触れ合いが密な小規模校にこそ教育の原点があるのではないかと考え、秋田、仙台、東京と転勤したいずれの地でも山の学校を多く取り上げ、番組作りに力を入れたという。手紙には「中でも迷ケ平(まよいがたい)の大自然の近くにあった小国分校の別天地のような魅力が今も印象に残っている」とあった。

小国分校の歩みを要約すると次のようになる。
▽昭和24年11月＝開校式を行う（東津久保沢）▽25年4月＝児童数19名と最多となる▽27年12月＝校舎移転（平屋18坪）▽29年9月＝校舎移転（冷川地区）▽33年9月＝閉校（小学生4名は大湯小学校中滝分校、中学生3名は大湯中学校に転入）。

廃校記念アルバムには5月6日に撮った深い残雪の写真が載っている。電気も電話もない、乏しい施設で学んだ小国分校の子供たちは今、全国各地でたくましく生きている。半年間に及ぶ雪との闘い、厳しい自然。こうした環境の中で、生きるために働くことの大切さを学び、何事にも敢然と立ち向かうハングリー精神がはぐくまれたものと思う。

恵まれた教育環境で学べる今の子供たち。この子供たちに欠けているものがあるとしたらハングリー精神ではないだろうか。

風土五十五号（平成14年1月発行）に掲載／59歳

＊平成9年に文化欄に掲載された後、熊谷昇一さんから「分校の開設には私も一役買った」との連絡が入り、熊谷さん宅を訪れお話をうかがった。

NHK「私の秘密」に出演した丹内分校

No. 2

比内町の中心地・扇田から犀川（さいかわ）に沿って進んで行くと、16㎞ほどの所に大葛（だいくぞ）小学校がある。学区は約4㎞にわたり集落が点在する美しい自然の中にある。大葛小学校丹内分校は、一番下流にある森合集落の西方の丹内沢を2㎞ほどさかのぼった所にあった。

戦後、この丹内沢で三岳無煙炭鉱丹内沢鉱業所という会社が石炭の採掘を行った。分校は従業員の子供たちのため、昭和25年（1950）に設けられたもので、12月から翌年の3月まで開設された冬季分校であった。冬期間は2mを超す雪に閉ざされ、採掘した石炭は春まで貯蔵しなければならないという厳しい生活だった。

分校と言っても独立した校舎はなく、炭鉱の共同浴場の一部を仕切って作られた6坪ほどの教室が、すべてであったという。一人の先生のもとで、1年生から6年生まで数人の子供たちが春の到来を待ちながら過ごしたのであった。

分校は、炭鉱の盛衰とあゆみをともにした。石炭ブームの昭和20年代は好況だったようだが、30年代に入り炭鉱は次第に縮小をたどった。そして、昭和36年（1961）に分校は廃止、間もなく炭鉱も閉山となり、住民は全国各地に四散していった。

この小さな山の学校が、昭和33年から35年にかけて全国の話題を呼ぶことになった。

話題の一つは、分校の記事が新聞や週刊誌に掲載され、全国各地から多くの手紙や小包が寄せられたことである。

33、34年度に勤務した元西館小学校長の宮越禎子さんは、「赴任して数日後、知り合いの地元紙の新聞記者が訪ねてきました。この記事が、やがて各紙にも広がり〝日本一小さな学校〟などと紹介されるとともに週刊誌の〝こぼれ話〟にも掲載されました。世の中には奇特な人がいるもので、全国各地から励ましの手紙や小包が連日のように届けられました。おかげで、礼状書きが欠かせない日課になりました」と述懐する。

宮越さんは、翌年度も分校へ赴任。今度は朝日新聞の記者が訪ねてきたという。あまりの反響の大きさにびっくりし、「もう記事にしないでほしい。そっとしておいてほしいと頼みました」と語る。

話題の二つ目は、35年12月5日のＮＨＫテレビ「私の秘密」の出演である。「全校児童が3人であること」「この3人は姉妹であること」の特異性が注目されたのであった。

この時の先生は、藤田康子さん（旧姓伊藤、秋田市）であった。「上京にあたっての交通費はＮＨＫから送られてきたようでしたが、衣類や靴などは校長先生が工面してくれたように記憶しています」と当時を振り返った。「司会は高橋圭三アナウンサー。解答者が一人一人答えていき、秘密のベールがはがされていきました」と藤田さん。

宮越さんは、雑誌を送ってくれた一人と現在も交際を続けており、平成4年に「ミカンの定期便」のタイトルで、ある教育雑誌に寄稿している。この一部を紹介してみる。

――今年もまた、三重県の知人、Yさんからミカンが送られてきた。もう30年も続いている年末の定期便である。

私とYさんのつながりは、34年前、丹内分校の講師をしていた時に始まる。「日本一小さい学校、せめてハーモニカでも」という200字足らずの記事が、ある週刊誌に掲載された。

間もなく、全国各地から激励の手紙や小包

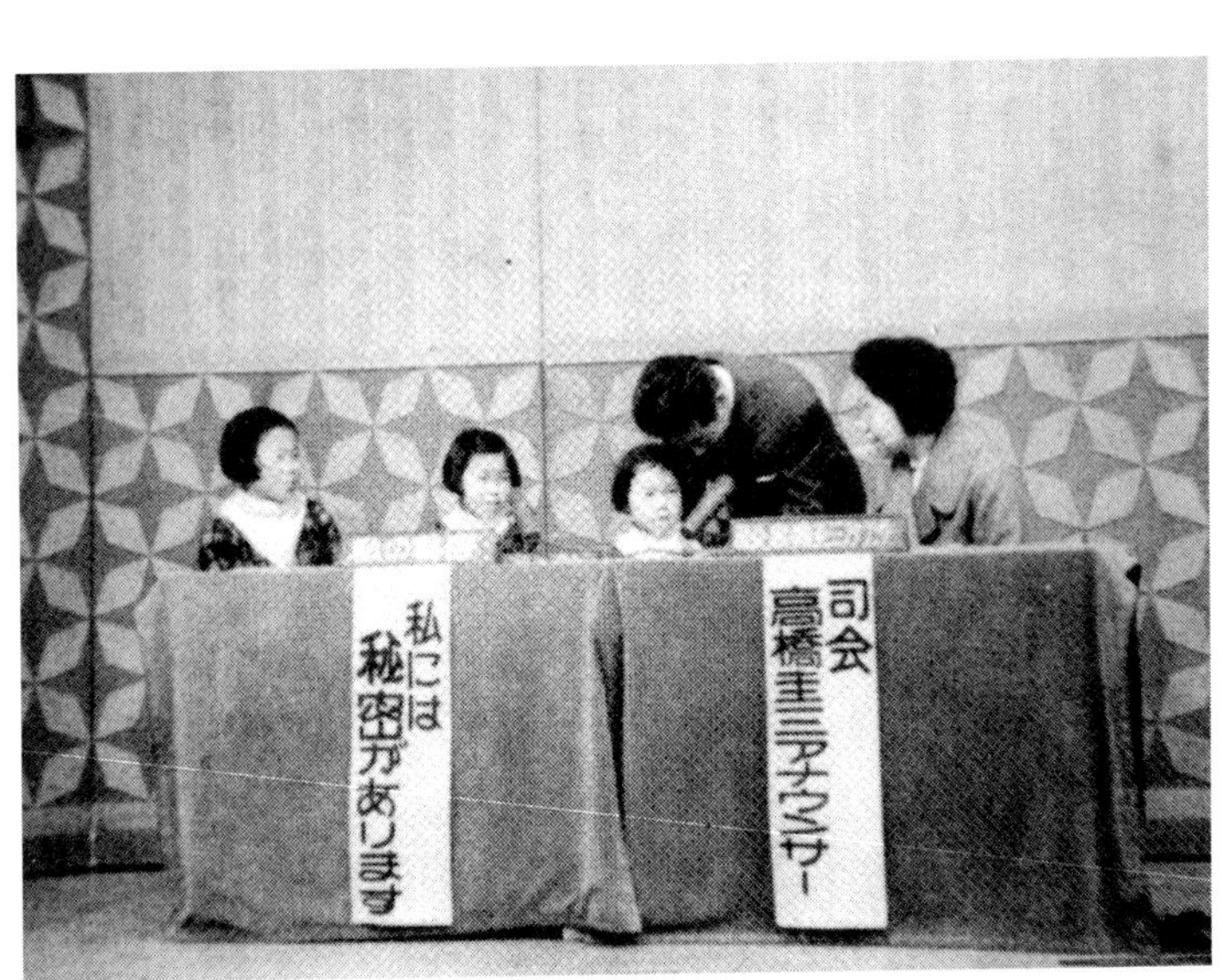

NHK「私の秘密」に出演（昭和35年12月）

が届けられた。この中に、無造作に包装された少女雑誌があった。一度だけでなく、発売されるたびに送られてきたが、差出人不明なこの手紙にはお礼の出しようがなかった。消印は三重県。包装に使用されている高校の新聞から、高校生ではないかと思い、この新聞の学校長宛てにお礼の手紙を書いてみた。

校長先生は全校集会で私の手紙を紹介し、心当たりの人は申し出るように話したそうである。Yさんの感動は想像するまでもない。

Yさんは高校卒業後、同じ町のミカン農家に嫁いだ。そして、嫁ぎ先からミカンを送ってくるようになった。（以下略）――

昭和45年、宮越さんは三重県のYさん一家を訪ね、家族全員の歓待を受けて感激したという。

現在の丹内沢は、杉や雑木が大きく生長し、かつてこのようなドラマが繰り広げられたことなど想像すらできない。

教鞭を執られた先生方、分校で学んだ子供たち、お互いに連絡を取り合って、ぜひ分校の思い出集を作って語り継いでほしいと願っている。

風土五十六号（平成14年4月発行）に掲載／59歳

珍しいことずくめの先達分校

No. 3

「山から山を移動した学校」「開校年が不詳な学校」「児童の在籍が存在しなかった学校」「校名が定かでない学校」、このように挙げてみると、どれ一つとっても珍しいことばかりである。実は、この珍しいことすべてが合わさった学校が秋田県内に存在していた。それも、明治・大正の話ではなく、学制改革後の昭和20年代のことである。

その学校とは――田沢小学校先達分校である。と言っても、私が便宜上付けた名前で、正式の校名は不詳である。

田沢湖町立田沢小学校の昭和26年（1951）度の沿革誌に、「8月20日、先達官行分校閉校する」と書かれている。この一文だけが分校を物語るすべての記録である。

あまりの珍しさから、平成11年（1999）2月から12年にかけて調べてみた。

昭和20年代の炭焼きが盛んだった頃、当時の生保内営林署が、先達川の流域に事業所を設け、家族と共に入山させ製炭を行った。この子供たちの教育のために営林署が建てた学校だった。一つの山の木を切り尽くすと、奥の場所に仕事場を移した。

前々回の本誌五十五号で、「カタツムリ学校」と呼ばれた大湯小学校小国分校を紹介したが、山から山を移動したことではよく似ている。当初は先達集落から先達川を６㎞ほどさかのぼった所に校舎があったようだが、さらに10㎞ほど上流の鶴の湯温泉付近で閉校になった。

田沢湖町に住む大沼安之助さん（大正15年生）は、昭和12年に山形県から家族と共に先達事業所にやってきたという。「先達川の上流６㎞ほどの大黒沢という所が仕事場だった。数家族が炭焼きの生活をしており、沢の入り口に事業所と分校があった。私は、５年生の後半から６年生の終わりまで分教場で過ごした。先生は一人、全校児童は８人だった」。大沼さんは60年前を実に正確に記憶しており、当時をかみしめるように語ってくれた。

そして、「先生は営林署の職員で、宮城県鳴子生まれの高原さんという方であった。昭和16年、大黒沢の仕事が終わり、その後、鶴の湯温泉近くの湯の尻という場所に移った」と述懐する。

このことから、昭和10年（１９３５）前後に分校（分教場）が開設され、同16年頃に鶴の湯温泉の近くに移動したと推測される。

平成12年９月、元県議で六郷町に住む今野清一さんを訪ねた。今野さんは昭和24年（１９４９）に先達分校に勤務し、教師として分校の閉校を見届けた方である。今野さんから50年前にタイムスリップしてもらった。「昭和24年の正月、生保内営林署長に呼ばれ、先達分校の中村先生が帯広営林局（北海道）に転勤になるので、その後任に行ってくれないかと頼まれた。署長命令なので渋々承知して山に向かった。鶴の湯事業所で中村先生から説明を受け、翌日分教場に出てみた。1年生から6年生まで14人の子供たちにどう教えたらよいか困惑した。19歳のにわか教師のスタートだった」と振り返る。

数日後、田沢小学校に顔を出しに行ったら、「伊藤校長、堀川教頭から中学校が義務教育になったので、中学生も引き受けてほしい」ということになり驚いたという。さらに今野さんには驚いたことがあった。それは、分教場で学んだ子供たちには卒業証書が出ないという父兄の話であった。「現に分教場の子供たちは、本校の入学式にも卒業式にも出席していなかった。玄関に掛かっていた看板には『先達簡易分教場』と書かれていたように思う。今、思うと営林署の私設学校という感じが強かったのでなかろうか」。

今野さんは、後に県議会議員を務められただけあって、若い頃から政治的にたけていたようである。「私は何とか卒業証書だけでもと思い、本校が終わってから分教場の卒業式をやってもらいたいとお願いし、実施が実現した」という。その勢いで入学式を行うことにも成功し、月一回、本校の先生方からの応援授業も実現したのであった。

「それもつかの間、昭和26年、製炭事業の廃止によって分教場は閉校になり、作業員は新しい仕事を求めて各地に散っていった」と今野さんはしんみりと振り返った。

当時、田沢小学校の教師であり、応援授業にも行ったことがある千田直彦さんは田沢湖町生保内に住んでいる。平成11年10月19日、千田さん宅にお邪魔した。千田さんは平成9年発行の『新田沢湖町史』の中で、「今はない分校の歴史」の項を執筆している。

千田さんは、「日帰りは無理だったので、一晩泊りでの分校訪問だった。当時、田沢小学校の先生方は官行分校と呼んでいた」と語ってくれた。

千田さん宅を後にしてから、すぐ近くにある田沢小学校を訪ねた。校長先生から卒業生名簿を見せてもらったところ、台帳からは先達分校の子供たちの名前を見つけることができなかった。まさに幽霊児童そのものであった。半世紀以上経った今だからこそ笑い話と

先達事業所木炭倉庫の前で村人たち

して懐かしく語れる分校談である。

先達集落に住む中島トメさんは、6年間を先達分校で過ごしている。アルバムには、先達事業所木炭倉庫の前で木炭を背負った作業員の姿の写真が1枚保存されていた。先達に関する貴重な記録である。

風土五十七号（平成14年7月発行）に掲載／59歳

＊平成18年の文化欄に加筆して掲載した。

No. 4

学区の3戸が二度のダム移転　小沢分校

県内にはダムで水没した学校が9校ある。森吉町立森吉小学校、同校砂子沢（すなこざわ）分校、藤里町立米田小学校大開（おおびらき）分校、田沢湖町立玉川小学校、同校小沢（こざわ）分校、同校宝仙台分校、南外村立南外西小学校逆川（さかさまがわ）分校、六郷町立六郷東根小学校湯田分校、山内村立松川小学校福万分校である。

この中の一つ小沢分校は、昭和31年に鎧畑（よろいはた）ダム（秋扇湖）の造成により湖底に沈んだ。この分校には珍しいことが秘められている。その珍しいこととは、分校学区の3戸（世帯）が二度のダム移転を経験したことである。

小沢集落は、田沢湖町の中心地・生保内から十数km玉川をさかのぼった遠隔地であった。戸数は10戸で、小沢6戸、尻高4戸と2カ所に分散していた。享保15年（1730）の『六郡郡邑記』という文献に「田沢村の支郷、小沢村家数六軒」が記録されており、歴史の古い集落であった。この地区の子供たちは、田沢小学校まで約8kmと遠距離のため、6kmほど上流の同校玉川分校（昭和31年独立、同54年3月閉校）に通学していたが、昭和24年に待望の小沢分校が開校したのであった。

『新田沢湖町史』（1997年）には「今はない分校の歴史」の項があり、町内八つの分校が紹介されている。小沢分校については次のように掲載されている。

――昭和二十四年までは、近くて危険の少ない玉川分校に通っていた。しかし、冬期間は通うことが無理なので親類や石川旅館に下宿したり、また玉川に小さな仮小屋を建てて、祖父母などと自炊して登校していた。

このような状況を解消するために、昭和16年10月、玉川分校の近くに冬季寄宿舎が建設され、そこから通学できるようになった。さらに、昭和24年12月1日、田沢小学校小沢冬季分校が設置された。これによって子供たちの玉川への厳しい冬道の通学は解消された。（以下略）――

昭和32年3月に分校を卒業した浅利勝史さんは、二度のダム移転を経験した一人である。現在、田沢湖町内に住んでいる。

「昭和24年に開設された冬季分校は、尻高集落にある水車小屋を利用したものだった」と記憶をたどってくれた。1年生になった同26年に待望の新校舎が完成したが、冬季分校だったので、夏の間は玉川分校に通学。当時は森林軌道があり、玉川の上流から木材運搬のためのガソリンカーが走っており、子供たちはこれに乗せてもらい通ったという。

「2年生から常設分校になり、通学の苦労が解消されてうれしく思った。一人の先生が13人の子供を受け持ってくれた」と浅利さん。

この喜びも束の間、5月に大変なことが起こった。授業中の午前11時頃、黒い煙にびっくりして外に出てみると、校舎が燃えていたのであった。「あっという間のことで、本当に悲しい事件だった」と語る。

新しい校舎が完成したのは同28年11月で、この間、小沢集落の石川さんの家を間借りして授業を行ったという。

「この頃になると、ダムの話がちらほら聞かれるようになり、次第に現実なものとなっていった」浅利さんが6年生になった31年にはダムによる移転が始まり、半分以上の家々が町の中心部や町外などに引越しした。残ったのは浅利さん一家を含め3戸であった。この人たちは本校のある玉川集落に移転することを決めていた。

３戸には４人の児童がおり、31年10月からは建設省尻高出張所に教室を移した。そして、翌32年３月20日、最後の卒業式が行われ分校は閉じられた。

９年という短い小沢分校の歴史は、波乱そのものだった。「教材も乏しく、決して恵まれた教育環境ではなかったが、町の子供たちに負けないようにという先生や親たちの熱意が伝わってきた。子供たちもこれに応えて頑張ったものです」と浅利さんは懐かしそうに振り返る。

昭和32年に玉川に移転した３戸の人たちは、20年経った同53年、今度は玉川ダム（宝仙湖）造成のため移転を余儀なくされた。二度のダム移転は、県内では初めてのことだった。

小沢分校1～6年生（昭和30年）

満々と水をたたえた秋扇湖と宝仙湖。静かな湖面の下には、多くのドラマがあったことを忘れてはならない。

風土五十八号（平成14年10月発行）に掲載／60歳

分校を後世に伝えよう

No. 5

この一年で2校が閉校

昨年（平成14年）3月、羽後町立西馬音内小学校田沢分校が一世紀を超える校史を閉じた。そして、今年3月には湯沢市立坊ヶ沢小学校新田分校が閉校するという。

戦後の県内には150の分校（冬季分校を含む）が存在していたが、昭和40年代に入り、児童数の減少、道路の改良などにより閉校が相次ぎ、ほとんどの分校が姿を消してしまった。

この閉校の記録を残したく、私は一昨年9月『秋田・消えた分校の記録』を執筆した（田代町にあった大野小学校菅谷地冬季分校が漏れていたことが最近判明）。この時、開校中の分校が4校あったので、最後のページに4分校を紹介し、「時代の流れに押しつぶされず、いつまでも存続してほしい」と記した。1年ちょっとで2校も閉校になるとは思いもよらなかった。

分校の記録を残したい

閉校とともに分校は人々の記憶から遠くなっていく。そして、30年、40年と時が流れると分校の存在さえ忘れられてしまう。消えていった150の分校を後世に伝えるためにはどうしたらよいだろうか。

この方法として私は「記念誌」や「記念碑」の製作を提唱したい。「閉校記念誌」または「創立○○周年記念誌」が作られている所が34校、跡地に「閉校記念碑」または「跡地碑」が建立されている所が30校で、実現している数は2割程度である。記録や記憶が失われないうちに、卒業生や関係者の努力によってぜひ実現してほしいものである。

上小阿仁村（7校）と千畑町（2校）では、全分校の記念誌、記念碑が作られている。どちらも教育委員会が中心になり製作している。このほか、東由利町では4分校すべての記念誌が、象潟町では5分校の跡地すべてに跡地碑が作られている。

平成8年、西木村相内潟（あいないがた）集落では「相内潟分校誌」を作成、平成11年には本荘市深沢（ふかさわ）集落が「深沢分校跡碑」を建立した。相内潟分校の閉校は昭和47年、深沢分校の閉校は同41年であるから、閉校後、30年前後経ってからのことである。このような取り組みが少しずつ広がっていくことを願っている。

分校は地域の文化センターであった。それゆえ先生方に寄せる地域の期待も大きかったし、これに応えて頑張った先生も多かったと思う。分校に勤務された先生方には往時にタイムスリップし、記念誌、記念碑作りのイニシアチブを取ってくださることを期待したい。

分校あれこれ

分校には分校ならではの特徴や逸話があったので、いくつか取り上げて紹介したい。

その1は、冬季分校についてである。積雪のため通学の困難な地域に冬の間だけ開設された分校である。戦後の県内には32の冬季分校の単独校があった。現在は中滝小学校田代分校1校が開校するだけとなった。

冬季分校に対して、通年開校している普通の分校を「常設分校」と呼び区別した。

その2は、複式学級の名称である。2学年の場合は複式、3学年の場合は複々式と呼ぶことは一般的に知られているが、冬季分校になると5学年の複式、6学年の複式というのも珍しくなかった。この呼び名として5コ複式、6コ複式という言葉が使用された。

その3として、孫分校と呼ばれた分校のことを紹介したい。分校は通学の不便な遠隔地に設けられたが、積雪期になると、この分校に通学することさえ困難となり、冬季分校が開設された地区が7カ所あった。分校から分かれた分校ということで、一名・孫分校とも呼ばれた。今は死語となってしまった。

その4は、入学式と卒業式を同時に行っていた分校があったという逸話である。私の知っているのは3校であるが、もっとあったものと思われる。このようなユニークな行事は分校だからこそできたものであった。

分校跡地の現況

閉校となった分校跡地はさまざまである。校舎が残っている所が35、学区が無人となった所が39、跡地に地区会館が立っている所が31となっている。

無人となった39学区（ダムで水没した7地区を含む）は、開拓地や鉱山であった所が多く、草木に深く覆われ、校舎のあった場所さえ定かでなくなっている。このような地区は特に記念碑の必要性を強く感ずる。

花軒田分校跡地之碑（鹿角市）

こと分校だけでなく、私たちの周りに目を転ずると失われてしまったものが多くある。消えゆくものを保存、または記録に残していくことが、今を生きる私たちの役目ではないかと考える。

風土五十九号（平成15年1月発行）に掲載／60歳

＊『風土』の編集者が大潟村に住んでおり、拙著『秋田・消えた分校の記録』は、とてもいい本だと言ってくれた。『風土』の方にも掲載してほしいと依頼され、「消えていった分校」として5回連載したのであった。

Chapter 8

第八章 「季刊 東北学」第七号

秋田県の廃村と高度過疎集落の実態

1 はじめに

秋田県由利郡東由利町(現由利本荘市)老方(おいかた)字祝沢(いわいさわ)。私の古里である。平鹿(ひらか)郡(現横手市)との郡境付近に位置し、狭い谷間に家々が散在している。小学校までは6㎞ほどあり、老方小学校祝沢分校(昭和53年閉校)が設けられていた。最盛時28戸あった戸数が平成17年末には11戸と減少してしまった。

昭和17年（1942）、私は祝沢集落の農家の長男に生まれた。昭和20年代は祝沢分校で、30年代の前半は中学、高校生として、後半は農業に従事して過ごした。戦後の貧しい時代から高度経済成長期に向かった山村の転換期を直接見ながら暮らしてきた。

そして、27歳の昭和44年（1969）、大潟村入植のため古里を離れた。今振り返ってみると、この44年は大きな意味をもった年である。「米の減反政策」と「集落再編成事業」（注1）が打ち出され、祝沢をはじめとする山村集落が、挙家離村そして過疎化と揺れ動き出したのである。

この年の暮れに発表された政府の減反政策は、農家にとって青天の霹靂（へきれき）であった。有史以来、米不足に悩まされてきたわが国が米余りに転じ、米に対する価値観が大きく崩れたのである。また、秋田県が打ち出した集落再編成事業では、奥地集落が次々と集団移転して消えることになった。幾百年間続いた多くの集落が無人になることなど、これも有史以来の出来事であった。NHKのテレビに「その時歴史が動いた」という番組があるが、44年はまさに山村集落の歴史が動いた年だった。

私はこの20年間、秋田県の廃村を尋ね回ってきた。戦後、秋田県内から222の集落が無人になっていることが分かった（農林業を生業とした集落で、戦後の開拓集落72を含む）。

無人に至った経緯や理由は、古里・祝沢の変遷と共通する部分が多い。祝沢の歩みを紹介することで、山間集落の概要を理解してもらえるものと思う。

（注1）山間の小集落を移転統合し、生活環境の整備と就労の場を確保するため、県と国が行った施策。秋田県では昭和44年から55年まで行われた。集団での移転を柱にしたので、集団移転事業とも呼ばれる。

2　祝沢集落の変遷

(1)　祝沢集落の成立

私は青年時代から、祝沢に人間が住み着いたのはいつだろうかと考えてきたが、平成6年になって偶然知ることができた。『祝沢・分校と部落のあゆみ』の編集に取り掛かっていたところ、集落の旧家から古い記録（江戸末期のもの）が見つかったのである。それによると初代は大坂夏の陣（1615年）の落ち武者であると記されていた（現当主は13代目）。祝沢には実に400年にわたる連綿とした生活の歴史があるのである。

奥地である祝沢は、落人の隠れ里としては最適地だったかもしれない。だが、生活するとなると、町からは遠く狭い谷間という地形は、決して適地ではなかったはずである。なのに、400年間も継続し、28戸までも戸数が増加したのは何故だろうか。

それは、米に立脚した生活であったからだと考える。平地が少ないわが国は恒常的に食糧（米）不足に悩まされてきた。そのため私たちの先祖は、猫の額ほどの面積でも、耕地になるような所は切り開いてきた。江戸中期になって世の中が安定するにつれ人口が増加し、食糧の増産が求められ、農家の二、三男たちは、上流域の山間地に向かって開墾を進めていったものと想像する。したがって、もうこれ以上田畑にする所がないと言われるぐらい、あらゆる土地を耕地に変えてきた。それでも慢性的に食糧不足が続いてきた。

祝沢も、分家や外から入ってきた人たちによって、狭い谷間の隅々まで開墾され、戸数が増えたものと思う。米が作れる、食糧が得られるということは、奥地のマイナス材料を差し引いてもプラス面が多かったのである。

(2) 祝沢で過ごした昭和20年代

前述したように私は祝沢分校で6年間過ごした。教室が一つで、1年生から6年生まで1人の先生が受け持っていた。5年生であった昭和28年（1953）11月、ようやく電灯がともった。

その頃、祝沢で新聞を購読している家は4戸だけであった。新聞は郵便で配達されていたので、一日遅れだった。つまり、ニュースは二日遅れのため、台風が通過してから台風の北上を知るといった具合であった。閉ざされた祝沢に電気が開通し、ラジオが聞けるようになったことは画期的な出来事であった。

同29年、6年生の時に、先生と祝沢分校の実態調査をしたことが、今も頭に残っている。

29年時の集落の戸数は28戸、分校児童は20人であった。5年後には戸数30戸、児童数35人となり、祝沢も発展の方向に進んでいくだろうと先生と一緒に予想した。

集落全体の水田面積は19haしかなく、一戸平均70ａの零細規模であったが、米は白いダイヤと言われるほど価値があり、20ａでも30ａでも田んぼがあると生活していけるという考えが強かった。要するに、米信仰に支えられていた。副業に大半が炭焼き（製炭）をしていたが、木炭の需要も高かった。

(3)　変化が出始めた昭和30年代

昭和30年代中頃になると、高度経済成長の波が奥地の祝沢にもジワジワ押し寄せてきた。

祝沢に初めてテレビが入ったのは同35年（１９６０）で、分校に設置された。『祝沢・分校と部落のあゆみ』の中で、当時の先生は「テレビが入った時などは、地域で唯一のものであり、大相撲が放映される時間になると、老若男女の観覧者が教室に収まらず、廊下にまであふれる出る盛況ぶりでした」と述べている。

年末年始は、朝から分校が解放され、それぞれ手料理と地酒を持ち寄り、テレビ番組を楽しんだ。大晦日の「紅白歌合戦」は、夜を徹して盛り上がった。分校は集落の社交場であった。

祝沢から出稼ぎ第一号が出たのも35年だった。そして年々増加していった。好景気も東京オリンピック（1964年）までと言われていたが、その後も増加が続いた。同時に若者の流失も起こった。学校を終えると長男以外はすべて首都圏に就職していった。農村には若い女性がいなくなり、「嫁飢饉（よめききん）」という言葉が生まれた。祝沢は、より深刻な状態であった。

村人は強い絆で結ばれていたが、一方では村からの若者流出が生じていたのであった。36年頃になると、耕運機・脱穀機・籾摺（もみす）り機と農業の機械化が進み、自転車からオートバイへと変わった。東京オリンピックはほとんどの家庭がテレビを備え、自宅で観戦した。これらの購入は、コメ代金や炭焼きの収入では間に合うはずがなく、出稼ぎで得られた金額が充てられた。

(4) 移転と少子化が進んだ昭和40年代

戸数は28戸で推移し30戸には達しなかった。昭和40年の国勢調査では、28世帯・128人と記録されている。

そして同41年（1966）、ついに移転者が現れた。その後は一直線に減少をたどった。40年代に7戸、50年代に3戸、60年代に1戸、平成に入って6戸、計17戸が祝沢を離れた。現在（2005年）、11戸・39人である。私は4番目の移転者であった。

分校の児童は昭和34年の35人をピークに、3、4年は横ばい状態で推移したが、40年代に入り減少が加速した。40年＝23人、42年＝16人、44年＝13人、46年＝9人、48年＝4人、50年＝

2人、52年＝1人となり、53年に閉校になった。
児童の推移は集落の盛衰を現しているような感じがする。

3　高村集落と分校の変遷

昭和37年11月、私は祝沢から十数㎞離れた集落にある高村冬季分校の講師として勤めることになった。冬季分校とは降雪期の冬の間だけ開設される分校である。秋田県内には30を超える冬季分校があった（昭和30年代には全国で５００校ほどが開校していたが、平成17年度は3校だけとなった。うち1校が秋田県に存在）。当時は教員不足のため、どの分校にも農家の青年が代役として依頼された（通称・代用教員と呼ばれた）。

私はこの分校に44年3月まで7期間勤めた。子供たちと走り回り、親たちと触れ合った高村は第二の古里である。

昭和37年の高村は戸数17戸、分校の児童は24人だった。その年の暮れ、ようやく電気が通じた。車の通行できる道路は、まだ途中までしか完成していなかった。

当時の様子を「東由利村報」昭和37年の1月号は、次のように記している（49年から東由利町）。

陸の孤島と表現される奥地部落。およそ文化とは隔絶された陽の当たらぬ場所に陽を当てようとするのが、村の大きな課題であった。幸い住民・村の努力が実を結んで、こうした大部分の奥地部落にも今ようやく黎明（れいめい）が訪れようとしている。道路、電気の面から最近の促進状況をまとめてみた。

《道路》奥地開発という前に、まず奥地という言葉が当てはまらなくすること、それが何よりである。そのためには、道路をよくすることが基本条件である。（略）林道も着々と進められ、高村、黒沢、倉林道の着工など相次いでいる。（略）

《電気》長い間のランプ生活ともお別れして、昨年は高村、大台、茂沢の三部落に電気が入り、ただ倉部落のみが残った。

電気が欲しい、電話が欲しい、道路が欲しいということが住民の切実な願いであった。その願いがようやく実現し、喜びに浸ったのも束の間のことで、昭和43年に2戸の移転者が現れた。その後は1戸2戸と離村者が相次いだ。平成17年末は、6戸・14人となった。うち3戸が独り暮らしであり、深刻な状態となっている。

分校児童は、昭和38年の26人をピークに減少の一途をたどった。40年＝23人、43年＝17人、46年＝9人、49～52年＝4人となり、53年に分校は閉じられた。

4　祝沢から大潟村へ

昭和30年4月、中学生になった私は、家から8㎞離れた中学校に通うことになった。夏期は自転車で通学したので比較的良かったが、積雪期なると片道2時間はかかった。雪の多い日は3時間を超えることもあり、一シーズン2、3回は遅刻であった。その度に、祝沢に生まれたことを恨んだものだった。「自分の子供にはこんな辛い思いをさせたくない」「大人になったら祝沢を出てやる」という考えがこの頃すでに私に芽生えていた。

同37年、高校を卒業して村の青年会に入った。会員はほとんどが農家の長男であったので、農業問題に話題が集まった。ここで知り合ったのがKさんであった。祝沢と似た環境で生まれた彼は、私以上に山間の農業の行く末に危機感を持っていた。

当時は「長男は家と先祖の田畑を守らなければならない」という世襲的家族制度が強く、親の権威も強い時代であったので、私もKさんも仕方なく就農したのであった。しかし、年々不安が高まり、そこで2人で出した結論は、大潟村への入植であった。

当然、親の猛反対にあった。「先祖から受け継いだ田畑を売って、土地を離れることなどとんでもないことだ」と私もKさんも親戚を巻き込んだ騒動になった。

後に入植者仲間と話してみると、大なり小なりほとんどが親の反対を押し切っての入植であった。『第四次入植30周年記念誌　我が大地』（1999年）に私はこう書いた。「四次入植の選考は3倍の難関だったが、それ以上に親の試験に合格することの方が難しかった」と。

入植を知った集落の数人が、田んぼを譲ってくれと我が家にやってきた。東由利村の中心部は10ａ30万円が相場であったので、祝沢は半額の15万円ということで話が付き、1・5haの田んぼを5人に譲渡した。

山間農業の斜陽化が叫ばれ、古里を離れる人が現れる中、一方ではまだ田んぼに対する執着が根強く残っていた。

現在、田んぼを買ってくれた5人は、いずれも耕作を放棄し、田んぼは荒れ地になってしまった。青年時代に泥と汗にまみれて働いた田んぼが、一面ススキに覆われている姿を目にすると、涙がこぼれそうになる。しかし、自分が見捨てたものを他人にやってほしいということは、虫のいいことであり、複雑な思いである。祝沢が無くならないでほしいと、願う気持ちも同様である。自分が先に逃げ出して、他人には最後まで残ってほしいと託すのは、身勝手な話である。私の心の中には、古里を見捨てたという後ろめたさが付きまとっている。「祝沢分校」「消えた村」「消えた分校」など私の記録集は、この罪滅ぼしの一つでもある。

今、祝沢の田んぼは半分近くが荒れている。小作料が無料でも借り手がいないし、どんなに安くても買う人がいないのが現実である。これは県内の山間地すべてが同じことであり、年々

青年時代耕作した田んぼ
写真上／耕作されていた平成14年時　写真下／耕作放棄された同18年時

耕作放棄地が増大している。過疎問題と併せて大きな社会問題である。

5　廃村の実態

(1)　廃村の内訳

私の廃村調べは昭和58年からである。北秋田郡上小阿仁村萩形(はぎなり)集落跡の「離村記念碑」に出会ったことがキッカケであった。祝沢と似た奥地部落が無人になったと思うと、胸が痛んだ。それから県内探訪が始まり、今まで222の廃村を把握した(一般集落150、開拓集落72)。

ところで、廃村及び集落については、統一した定義がないので、次のような考え方で整理した。①住民台帳とは関係なく、生活している人がいない場合は廃村とした。②冬期無人集落(田んぼの耕作のため、夏期間だけ滞在する集落。夏山冬里方式とも呼ぶ)は廃村から除き、後述する高度過疎集落Aに入れた。

また、集落については、①隣村から1km以上離れていること。②1km以内であっても、峠や川などで隣村との区別がはっきりしていること。③独自の名称が付いていること。この条件が当てはまるものとした。

さらに、成り立ちによって、一般集落と戦後の開拓集落の別がある。現在は、両者を分けて取り扱うべきではないと考えるが、廃村が進んだ昭和30～40年代は、一般集落と開拓集落の違いがあった時代だったので別扱いにした。

(2)　一般集落の廃村の内訳

一般集落150の廃村を分類してみると次のようになる。

《移転内容別》集団移転時による移転＝70、個別移転＝47、ダム移転＝27、その他（空港、危険地など）＝5

《年代別》昭和20年代＝4、30年代＝10、40年代＝76、50年代＝24、昭和60年～平成10年＝29、平成11年以降＝7

《集落規模別》10戸未満＝99、10戸以上＝39、20戸以上＝12

《現況》田んぼが耕作されている所＝66、荒れ地や山林になっている所＝53、残りはダム、空港、工場用地などである。

以上の分類から分かるように、移転は昭和40年代に集中している。これは行政による集団移転事業が行われたからであった。この事業で70の集落が移転したことが注目される。10戸未満の小集落が3分の2と多いことも特徴である。

また、ダム移転の多さも目に付く。昭和60年～平成10年の29集落の中にはダム移転18が含まれている。
66地区が田んぼの耕作に通っているが、条件の良い場所だけが耕作され、悪条件地は荒れ地になっている所が多い。

(3) 廃村の理由

北秋田市の「一通集落の跡碑」には、次のように刻まれている。

この地には、三百五十年前頃から農林業により、生計をたてた人たちが居住していた。しかし、町の中心地から遠く交通の便に恵まれず、そのうえ地元での農林業による収入の減少と、生活様式の変化に対応するには、この地は不便であった。集落の近代化と住民の均衡ある福祉の向上を図ろうとする町の要請に基づき、住民協議のうえ、県・国の特別措置を受け、昭和46年、新しい土地を求めて二世帯がこの地を離れた。

廃村の多くは、一通集落のように上流域にある山間の遠隔地であった。米を頼りに生活してきたが、その米が頼りにならないものになれば、あえて不便な土地にへばりついている理由がなくなるわけで、移転もやむを得ないことであった。

極論すれば集落は、「米で始まり、米で崩壊した」したといえる。

(4)　開拓集落の廃村

戦後の開拓は、食糧難の解消を目的にしたものであった。前述したように、わが国はどんな奥地でも隅々まで田畑として耕されていたので、残っているのは農地としては振り向かれなかった荒れ地や山間地であった。電灯も電話もない辺地で、採算に合わない畑作は長続きするはずがなく、世の中が落ち着いた頃には山を下りることになった。ちなみに半数近い32カ所が無電灯地区であった。

廃村年代も、一般集落の移転が始まる少し前の昭和40年代前半が大半を占めている。米で崩れた一般集落の移転とはやや事情が異なるものであった。

県内の戦後開拓地は270を超えるが、水田への切り替えが進んだ地区と既存集落と至近距離にある地区が存続している。

(5)　記念碑、記念誌の製作を

今後、時代がどのように変わるか私には想像できない。しかし、廃村がよみがえることは、まず考えられない。

この歴史を風化させないため「移転記念碑」や「移転記念誌」の製作を提唱したい。222の廃村のうち、記念碑は24、記念誌は10と少なく、ほとんどが作られていない。特に10戸未満の小集落は一顧だにされず、人々から忘れ去られようとしている所が多い。集落が存在したことを示す形がぜひ欲しいものである。

6　高度過疎集落の現状と対策

(1)　高度過疎集落の分類

昭和40年代を中心に起こった集落の無人化は高度経済成長の波に飲み込まれたものだった。バブルが崩壊し、安定期に入った平成年代には、この数が少なくなっている。私は昭和40年代の廃村を「第一次無人化」と呼びたい。

そして、今度は少子高齢化の波が押し寄せている。この波に飲み込まれ「第二次無人化」が

立派な記念碑が建つ屋布集落跡（上小阿仁村）

起こる可能性が高いのではないかと、危惧の念を抱いている。

祝沢、高村を考えるとき、ここ10年以内に無人になることはあり得ないと思うが、20年後となると一抹の不安を感ずる。このように過疎、高齢化が進んでいる村落を高度過疎集落と呼びたい。

秋田県内でこれに該当する村落が70を超えると私は捉えている。過疎の程度が一様でないので、高い順にＡＢＣのランクを付けてみた。

Ａは冬期無人集落である。夏山冬里方式の生活をしている所が７カ所ほどある。Ｂは最寄り集落から２㎞以上離れた遠隔地（谷間集落）で、戸数10戸未満、人口20人未満の所である。最近は限界集落という言葉が使用されるようになっている。これに該当する集落は30前後である。この中には一軒家暮らしの集落が14ほどある。ＣはＢ同様の遠隔地で、過疎化、高齢化が著しく、戸数15戸以内の所である。これに該当する集落は40前後である。（分類した集落数は、本稿をまとめるために急きょ調べたものであり、数字は粗いものである。祝沢はＣ、高村はＢに分類した）

⑵ 集落再生の策は

第一次無人化は地形の悪さなどから移転も仕方がないと思われる土地が多かった。しかし、国土崩壊につながる第二次無人化は起こしてはならない。

それでは集落をよみがえらせるにはどうすればよいだろうか。打開策があるだろうか。非常に難しい問題である。

振り返ってみると、昭和50～60年代に、集落の活性化を目指していろいろ挑戦した人たちがいた。①弱電工場や縫製工場の下請け会社を起こした人。②山を大々的にブルドーザーで均し、葉タバコ栽培に取り組んだ集落。③養豚とシイタケ栽培を取り入れて複合経営に取り組んだグループ。私はこのような挑戦者の例を幾つか知っているが、結果的に失敗に終わった。やる人の技術や意欲の問題もあるが、それ以上に土地条件が合わなかったことが原因であった。

平地でもなかなか軌道に乗せることが容易でないのに、地理的にハンディを抱える山間地はなおさら難しい。村起こしの先駆者としてチャレンジすることを私は奨めたくない。

村起こし、過疎対策は、もはや個人や民間の力では始末に負えない大きな問題である。さりとて、町や県行政でも限界がある。

私は国の役割として行うべきであり、政治の課題として取り組むべきだと強く主張したい。

(3) 農林業従事者を国家公務員扱いに

中山間地の過疎化は農業、林業の衰退が原因である。農林業対策と過疎化対策を一体化して実施すべきである。

そこで、一つ提案がある。前々から友人や知人との話の中で述べてきたことがある。「話が飛躍し過ぎている」「理想論である」と言われて誰にも受け入れてもらえなかったので、今まで文章にしたことがなかったが、今回、せっかくの機会なので考えを述べてみたい。

多面的機能を持つ農林業を国土保全業と位置付け、従事者を国家公務員扱いにし、給料を支払うことである（ただし、土地と収入は今まで通り、個人扱いにする）。

給料は、①従事年数、②地域の条件、③経営面積の3点の条件を算定して決める。①は、基本給を基準に年ごとの昇給制とする。②は、地域を数段階に区分し、手当に差をつける。③は、経営面積を数段階に区分し、手当に差をつける。

こうすることによって、過疎対策にも効果があるし、農業の活性化対策にもなるのである。現在、「中山間地域等直接支払交付金事業」（傾斜地の多い上流域の耕地に助成する制度）があるが、根本的解決には至っていない。また、平成19年度から経営安定対策が実施されるが、一方では現在の産地づくり交付金の削減が検討されており、トータル的にプラスになるかどうか疑問である。

政府は給料制度の導入を、①国民の合意が得られない、②財政難などを理由に実行を渋るであろう。しかし、小手先の対策ではどうにもならないところまできている。今まで例のない奇抜な発想、大胆な政策が必要である。
今冬の豪雪は、山間小集落の孤立や高齢者の除雪の苦労が浮き彫りとなり、全国に報道された。そして国会でも取り上げられた。山間集落に目を向けさせたのが、豪雪だったとは皮肉なものであるが、マスコミが伝える効果、影響は大きい。メディアを通して中山間地の厳しい実態を国民に知ってもらうことが必要である。

平成18年（2006）5月掲載／63歳

＊『季刊　東北学』第七号は、平成18年（2006）5月1日発行である。「廃村　少子高齢化を迎えて」の特集を組みたいということで、執筆を依頼されたのであった。令和2年現在、祝沢は7世帯・25人、高村は4世帯・5人となっている。また、平成21年に発足した民主党政権は、「農家個別所得補償」政策を打ち出した。これは私の主張する農家保護対策を十分叶えてくれるものであった。だが、自民党が政権に復帰してから打ち切られた。残念である。

Chapter 9

第九章「秋田歴研協会誌」

「玉米郷三拾六歌」の保存を願って

No. 1

由利本荘市の東端に位置する東由利地区（旧東由利町）。27歳まで過ごした私の古里である。この地に「玉米郷三拾六歌（とうまいごう）」（以下、三拾六歌）という古書が眠っている。冊子を保存しているのは元町議で、高戸屋（たかどや）集落に住む小松豊さん（大正2年生）である。

旧東由利町は昭和30年に玉米村と下郷村が合併して誕生した。玉米郷は玉米村の古名である。地区は子吉川の支流、高瀬川に沿って雄勝郡境まで集落が点在している。三拾六歌は、これらの集落を歌と色彩豊かな絵で表したＢ５判型、65頁の冊子である。

表紙には「安政三辰春　舘前　佐藤与二右衛門」と書かれている。１５０年を超える年月を経ているが、汚れや色のあせもなく大切に保存されている。

現在の東由利は国道が整備され、奥地の感じがまったくなくなったが、当時は本荘からも横手からも遠く離れた辺境の地であった。この草深い寒村で、三拾六歌を編んだのはどのような人物だったのだろうか。


小松さんによると、作者は元東由利町収入役で、舘前集落の佐藤謙さん（昭和24年生）の先祖のようだというので、佐藤家とその関係者を訪ねた。

佐藤謙さんは、五世の祖・与一郎までは戸籍に載っているが、その上は分からないとのことであり、分家で隣家の佐藤恒悦さん（昭和6年生）を訪問した。恒悦さんは「近くの八日町稲荷神社の寄付者氏名にある〝玉米郷舘前邑名主　与治右衛門〟が三拾六歌の作者であると、一族の先輩から聞いている。謙さんの六世の祖になるようだ」と教えてくれた。

『東由利町史』に「松尾芭蕉の象潟来遊の8年前（1681年）に、玉米郷と下村郷（旧下郷村）の句会が発足した」と記載されている。このことは、江戸時代中期には、江戸や上方からの文化がどっと押し寄せ、由利の山里にも達したことを物語っている。

特に、名主（今の村長）であった与治右衛門は、中央からの書や絵に触れる機会も多かったことであろう。それに触発されて、独学で豊かな才能に磨きをかけていったものと思う。三拾六歌は、その集大成ではなかっただろうか。

三拾六歌は、明治30年（1897）頃、作者の佐藤家から2㎞ほど上流の須郷田集落・小野弥惣円家（小野富弥さん〈昭和14年生〉の高祖父）に渡り、そしてまた、20数年後の大正12年（1923）頃に、さらに1㎞ほど上流の小松家（豊さんの父親・藤四郎さん）に渡るという経緯をたどった。三拾六歌を高く評価し、どうしても欲しいという熱望が、移動へとつながっていったものと想像する。

だが近年は、三拾六歌のことを語る人はごく少なく、宝物が眠った存在になっている。

長い間、表に出ることがなかった三拾六歌であったが、平成20年2月、今野喜次さん（昭和24年生、由利本荘市大鍬町住）の目にとま

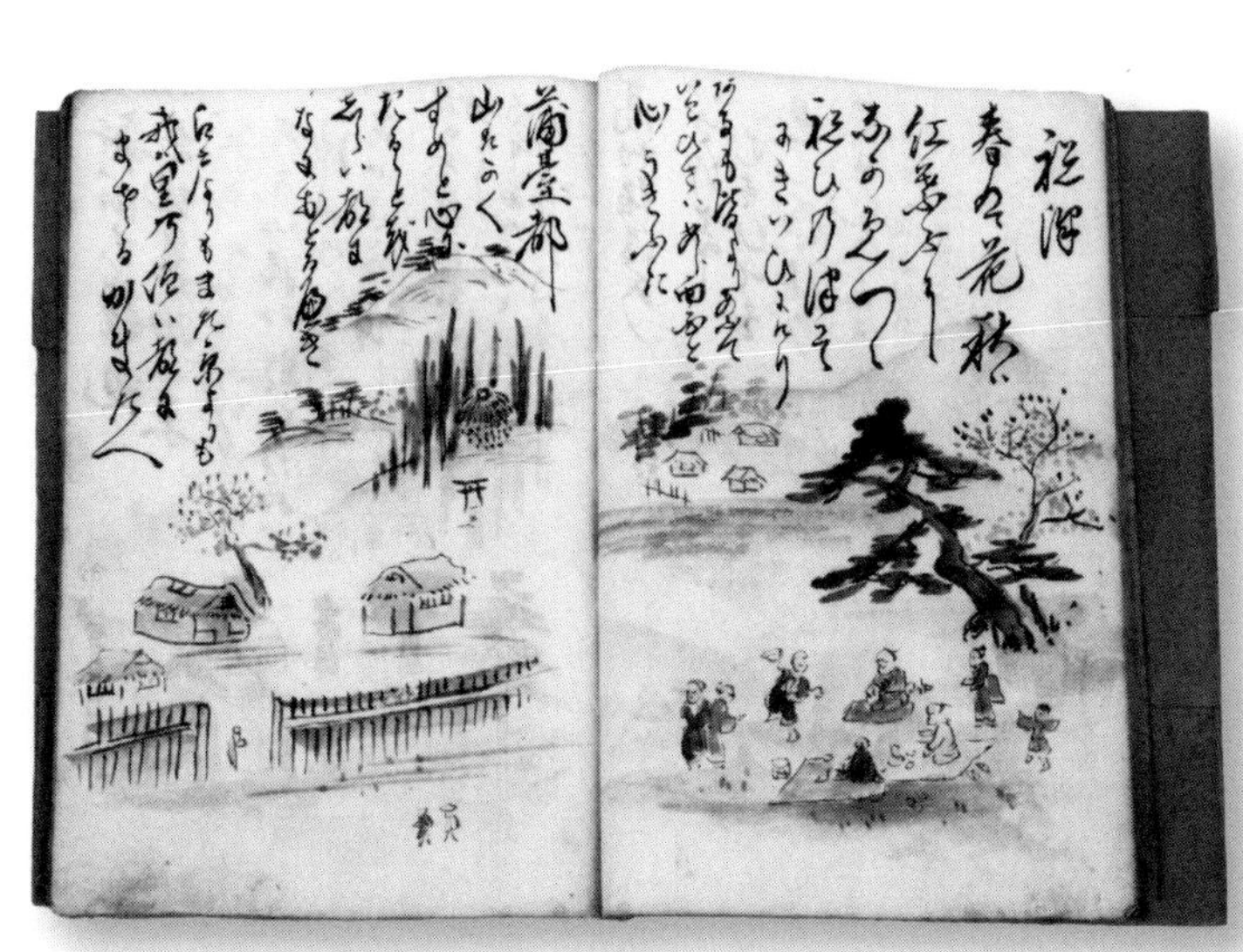

「玉米郷三参拾六歌」の一部

り、歌が解読された。

今野さんは市役所東由利総合支所長として勤務した際、東由利公民館にある三拾六歌の白黒コピーを見て、その存在を知ったという。十数年前から市の「古文書研究会」の代表として活動していたので、市役所退職を記念して取り組んだのであった。この今野さんも、三拾六歌の原本は見ていないというから、現存者で目にした人はいないようである。まさに秘本といえる。

今野さんの解読を機に、この貴重な歴史資料を地区の人たちに知ってもらうため、解読文を添えた複製本を作るなどの企画を東由利公民館で取り組んでほしいものである。と同時に、冊子所有者の小松さんは97歳と高齢となっているので、市でも文化財指定を検討するなど、原本の保存を急ぐ必要があると考える。

平成22年（2010）4月43号掲載／69歳

＊小松豊さんは平成24年2月17日、98歳で永眠された。その後、三拾六歌がどうなったか気がかりである。なお私は、平成18年8月、小松さん宅を訪ね、三拾六歌の全ページを写真に収めた。

県内唯一の伊能忠敬の物証

No. 2

江戸後期の測量家・伊能忠敬は、実測に基づいた日本地図作成のため、寛政12年（１８００）から17年間、全国各地を回って測量を行っている。この全行程を忠敬は「測量日記」（伊能忠敬記念館蔵）に書き著している。この訳本によると、測量隊が秋田の土を踏んだのは第３次測量が行われた享和２年（１８０２）である。

この年の６月11日、忠敬は江戸（東京）を出立、今の県名でいうと埼玉、福島、山形を通り、７月15日に雄勝峠（湯沢市）を越えて秋田に入った。そして県内の内陸部を進み、８月６日に矢立峠（大館市）を通り青森県三厩（みんまや）に至った。以後、日本海の沿岸を測量しながら南下し、８月27日青森県から岩館（八峰町）に入り、９月13日に、小砂川（にかほ市）から山形県へ抜けた。往路、帰路合わせると39日間県内に滞在したことになる。

平成22年、私はこの足跡をまとめて「伊能忠敬の秋田路」（無明舎出版）として刊行した。だが、この過程で忠敬に関する記録や物証は、県内から何一つ見つからなかった。

ところがこのたび、横手市大雄字上田村の鈴木与治右衛門家（当主・鈴木一夫氏）に当時の幕府などが、忠敬の第３次測量隊に便宜を図るよう通達した文書である「触書（ふれがき）」の写しが存在することが分かった。

藩政時代の鈴木家は、田村の親郷肝煎（今の村長）を幾度も務めており、1771年から1870年までちょうど100年間の文書44巻が「郷日記」（通称・田村郷日記）として保存されていたのである。触書は幕府と忠敬、秋田藩の三者が出したもので、写しはいずれもこの中に所収されている。

「御触書」と呼ばれる幕府が出した触書には、「この度、北国の海辺浦々測量のため御用で差し遣わされるので、書面のとおり無賃の人馬を下されるから、宿や村々はその旨を心得て往復とも滞りなく差し出すように」などと記されている。江戸から三厩までの肝煎や本陣（大名などの休泊施設）など、全ての関係者宛となっている。

忠敬（測量時は勘解由と改名）自身が出した触書「先触れ」には、「人馬を遅滞なく立て継ぎ、かつ止宿や川渡りなど差し支えのないようにしていただきたい。また測量の間、案内者一人をお願いしたい」などと書かれ、御触書を補足する内容である。宛先は御触書と同じで、この2通は江戸出発の前日6月10日発送された。

秋田藩の触書「添触れ」は、領内に届いた御触書と先触れに添付する形で伝達させた。「途中失礼のないよう付き添い案内すること」などと記され、藩は忠敬に無礼がなく、協力するように通達している。

藩政時代の触書は、宛先ごとに一通一通発送されるのではなく、関係者から関係者にリレー式に伝達される方法が一般的だった。触書を受け取った所では、その写しを取り請書（受領したしるしの書面）を添えて次の関係者に送ったのである。このようにして忠敬の測量に関する触書は三厩に向かって日々北上した。

郷日記には「六月二十三日五ツ時に阿気（あげ）村（横手市）より受け取り、即、角間川（大仙市）へ仕送り候」と添え書きされており、御触書と先触れは発送から13日目に江戸から届いたことになる。

県内に入った測量隊は、湯沢、横手、六郷（美郷町）、大曲（大仙市）と通称・羽州街道

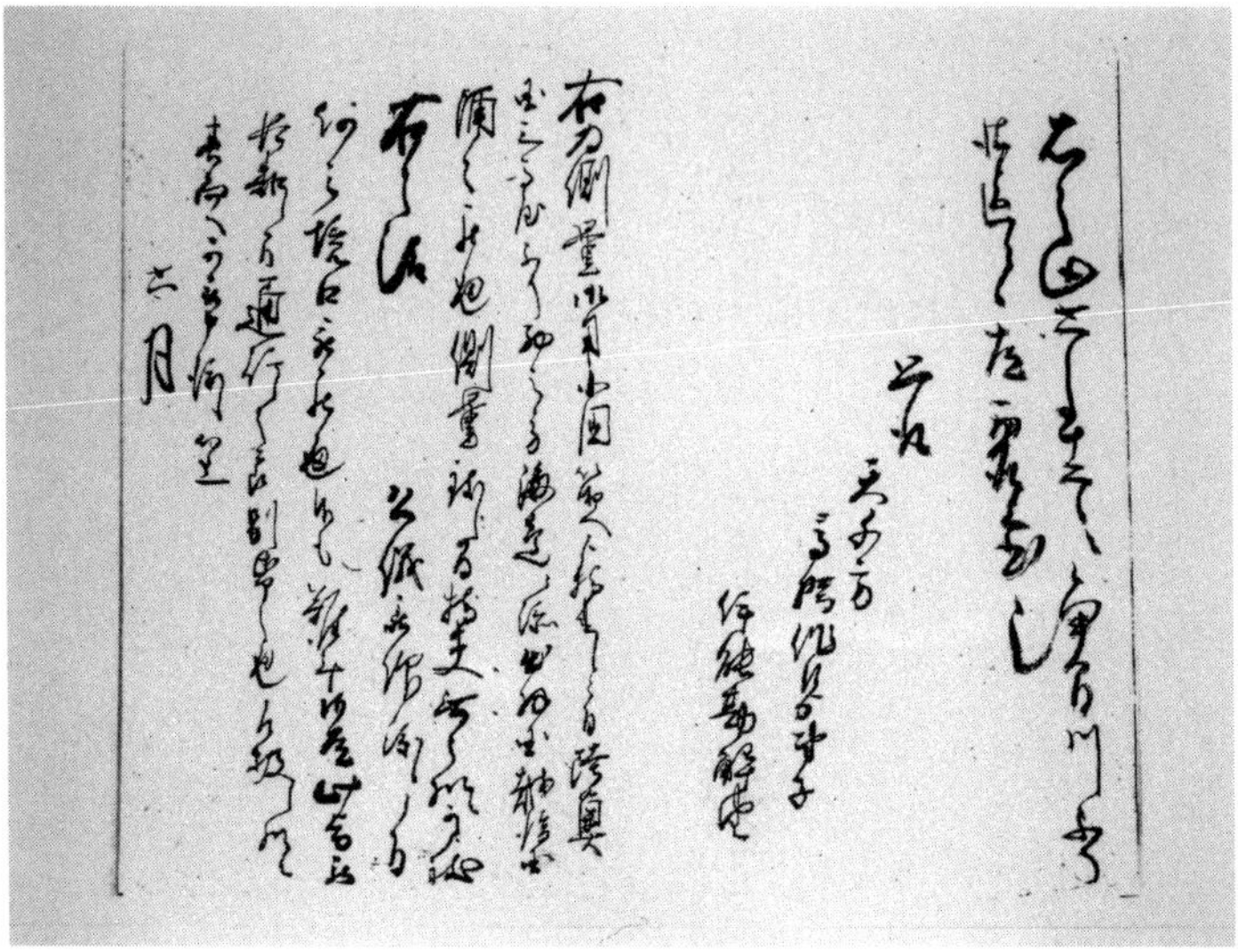

伊能勘解由の文字が見える「田村郷日記」

を進んだ。なのに、街道から西に逸れた通称・沼館街道沿いの田村にも触書が回ったのはなぜだろうか。

私の推測では、浅舞（横手市）、沼館（同）、角間川を通る沼館街道は、羽州街道に匹敵する主要道路であったため、どちらの街道を進んでも測量が支障なく行われるよう、秋田藩は万全を期したものと考える。

6月10日に江戸から発送された「先触れ」には、細かい日程が記されていない。忠敬はその都度、泊り宿から次の日程を記した伝達の触書「泊触れ」を出している。

7月17日に横手の松木家に宿泊したときには「七月十八日　休み（昼食と休憩）・六郷、泊り（宿泊）・花館（大仙市）。同十九日　休み・刈和野（同）、泊り・境（同）。同二十日　休み・戸島（秋田市河辺）、泊り久保田（秋田市）」と、泊触れを出している。沼館街道はこのときに通らないことが決まったのであろう。

忠敬に関する物証は、県内では今のところ郷日記に収められている触書の写しが唯一のものである。大事に後世に伝えたいものである。

令和3年（2021）6月第75号に掲載／78歳

Chapter 10

第十章
第四次入植三十周年記念誌
「我が大地」

回顧「三十年」

昭和44年（１９６９）11月14日、全国各地から夢と希望を抱いた１４７名の青年たちを迎え、八郎潟入植指導訓練所で第四次入所式が盛大に行われた（訓練終了時は１４３名）。この時期としては珍しいほど青空が広がり、四次訓練生のスタートを祝福しているかのようであった。

しかし、わずか1カ月後に、思いもかけないショッキングなことが起こった。翌45年度から減反政策が実施されることになり、新規開田が抑制され、大蔵省の予算案に四次入植者の圃場造成費が計上されなかったのである。「入植が中止され、訓練生は出身地に帰されることになるかも……」こんな情報も飛び交い、私たちは大きな不安に陥った。

この年の暮れ、第32回衆議院議員選挙が行われた。週末の休日に、同郷の仲間たちと一緒に自宅に帰る途中、本荘市に差しかかったら、ある代議士の遊説隊と出会った。私たちは「八郎潟に予算を付けてくれ」と必死に願い出た。唐突な行動であったが、なりふりを構っていられなかったのである。

年が改まり、復活折衝によって予算が付いたが、第五次以降の入植は中止となった。

私は由利の山村の農家に生まれた。学校を終えると同時に農業に従事した。当時は長男が農業を継ぐことが当たり前になっていた。そして、「脛を干すべからず(岡に上がらずとも呼んだ)」「先祖伝来の田畑を粗末にすべからず」ということが固く義務付けられていた。脛を干すとは、足を濡らさない仕事のことであり、勤め人などになってはいけないということであった。家や田畑は、先祖代々受け継がれたもので、転職することや転売することは、最も悪いこととされていた。長男には職業を選択する自由がなかった。

私の生まれた集落には28戸あり、どの家も米作りを主体に生活していた。平均一町歩(1ha)に満たなかったが、山仕事や炭焼きなどの副収入を得て、平穏に暮らしていた。「一町歩あれば食っていける」と村の人たちは固く信じていた。

一年二年と経つうちに、私は山村の農家の将来性に強く不安を感ずるようになった。色々模索していたら、友人が八郎潟干拓のことを話してくれた。それは、大きくロマンの広がる内容だった。瞬間、私の活路はこれしかないと強く心に決めた。

「八郎潟に行こう」私は集落の青年たちに呼びかけた。ところが、「先祖の土地を捨てることはとんでもないことだ」と親たちの猛反対で、どの人も断念せざるを得なかった。おまけに、「うちの息子に悪い知恵を付けないでくれ」と私まで叱られる羽目になった。幸い、私はどうにか親の説得に成功した。四次入植者の選考は3倍という難関であったが、その前段、親の試験の方がより難しかったのである。

現在、古里の集落では、専業農家が1戸もなくなった。朝夕に田んぼをやり、日中は勤めに出てみんな頑張っている。脛を干さなければ、生きていけない時代になったのである。

30年の時の流れは、かくも農村の姿と考え方を変えてしまった。

四次入植20周年記念は、くしくも昭和の終わりであった。そして、営農30年目は20世紀の終わりである。激動の昭和から、平穏な世の中を望んだ平成は、バブル崩壊、平成大不況と厳しいものになった。21世紀も決してバラ色ではないと思う。現に、11年産米がよもやと思われた1万5千円を割ってしまった。「十五町歩もあるのだから……」という神話が、もはや崩れようとしている。

30周年を機に、心を新たにし、再度大地に挑戦していきたいと思っている。

＊この記念誌の発行は、平成11年（１９９９）11月である。21年経った今、この時の実行委員長、副委員長、事務局長の方々はこの世を去ってしまった。

Chapter 11

第十一章 第四次入植50周年記念誌「湖底の故郷　悠久なり」

50年前&50年後

No. 1

家制度と核家族

20年前私は、『四次入植三十周年記念誌』に「4次入植者の選考は3倍という難関だったが、それよりも難しかったのは親の試験であった」と書いた。

当時の農村は、家制度が根強く残っていた。長男は家業を継ぎ、先祖の土地を守って家計を支えていくことが義務付けられていた。土地を離れようものなら「先祖の罰が当たる」「とんでもないカマキャシ者（破産者）だ」と親や親戚から非難を浴びることが習わしであった。

私は親を粘り強く説得して、どうにか了解を得ることができたが、親戚の中には、申込書の提出時に親の反対によって断念した人がいたし、合格後にお家騒動にまで発展した知人もいる。

今回50周年に当たり、あらためて振り返ってみると、当時の農村のしきたりや価値観が大きく変わってしまったとつくづく感ずる。

現在、大潟村では核家族化が進んでいる。これは私の故郷でも同じであるようだ。昨年、中学校の喜寿の同級会があり出席したところ、女性の一人が「わが家は今はやりだ」と近況を報告していた。今はやりとは、親と息子夫婦が別々に暮らす、今流行のスタイルのことだという。要するに核家族化である。家制度は、今は遠い昔話になってしまった。

50年後の大潟村

今さら言うまでもないが、大潟村は他町村と違って人工の村である。堤防、防潮水門、排水機場――要するに基幹施設によって村が成り立っている。毎日暮らしていると、この大事なことが、ともすると忘れがちになってはいないだろうか。

基幹施設には、寿命があり、50年ほどで更新や改修をしなければならない。また、期限内であっても、地震などの災害を受ければ、復旧しなければならなくなる。

振り返ってみると、昭和58年（１９８３）の日本海中部地震では堤防が大きな被害を受けた。復旧工事の総額は３２７億円であり、２年後に完了した。あれから30余年の歳月が流れ、今度は沈下が問題視されてきているようだ。また、北部・南部両排水機場、防潮水門は４２０億円をかけて平成11年（２００７）に新しい施設に生まれ変わった。さらに現在は、幹線用水路の腐食が激しくなり、国に更新をお願いしてきたところ、ようやく2年後に事業の目途が付いたという。事業費はなんと４８８億円とのこと。

何をやっても数百億円規模である。このような多額の事業は、村単独ではとてもできないことで、国に頼らなければならない。ところが、国の財政は年々借金がかさみパンク寸前である。50年後、果たして国が予算を付けてくれるだけの力があるだろうか。とても心配である。「大潟村は荷物だ」「干拓は失敗だった」と言われることのないよう、いっそう信頼される村づくりに努めていかなければならないと思う。

私は残された人生を「基幹施設あっての大潟村だよ」と子供たちに話しながら過ごしていきたいと思っている。

巻頭言「時を刻んで五十年」

新生の村に　夢託し
　故郷をあとに　五十年
春は桜に　菜の花あふれ
　緑の早苗　田んぼに映える
早乙女並んだ　過ぎし日を
　孫に語れば　春の陽暮れる
三代くつろぐ　この幸せを
　明日へ広げよう
ああ　大潟の　未来は無限

湖底の大地に　夢抱き
　故郷あとに　五十年
夏はサルビア　家並みを染めて
　茂る青田が　田んぼを覆う
ウキヤガラ抜いた　過ぎし日を
　孫に語れば　夏の陽傾く
三代くつろぐ　この喜びを
　明日に広げよう
ああ　大潟の　未来は無限

希望の大地に　夢広げ
　故郷あとに　五十年
秋はコスモス　大地に乱れ
　黄金の稲穂　田んぼを包む
コンバイン沈んだ　過ぎし日を
　孫に語れば　秋の陽沈む
三代くつろぐ　この楽しさを
　明日へ広げよう
ああ　大潟の　未来は無限

No. 2

あとがき

昭和44年11月13日、私たちは大きな希望を抱いて入植訓練所の門をくぐりました。11月にしては珍しいほど青空が広がり、私たち4次訓練生を祝福しているかのようでした。あれから50

No. 3

年という考えもしなかった長い歳月が流れてしまいました。そして、令和の新しい時代の幕開けを迎えています。

あっという間に過ぎ去った50年のように感じますが、振り返ってみると多くの出来事がありました。作付け問題を離れて、身近なことに目を向けても色々なことが浮かんできます。例えば、入植初期は小さかった松やポプラが、今では大木に生長し、隣りの住区の視界が遮られるほどになっているのもその一つですし、「七つの色の屋根暮れて……」と歌われたカラフルな三角屋根の住宅の姿がほとんど消えてしまったことも挙げられます。

実行委員会では、この半世紀の来し方を記録にとどめるため、記念誌の発刊を事業の一つとして取り上げました。「歴史を学ぶのは新しい未来を創るため」と言われます。この記念誌は50年を単に回顧するだけではなく、二世や三世に伝える役割も持っていると思います。

編集部の力不足により、至らない点も多々あるかもしれませんが、どうにか形にすることができました。折々にページをめくってもらえると有り難く思います。

終わりに、玉稿をお寄せくださいました方々、貴重な写真や資料を提供いただきました方々に厚くお礼申し上げます。

＊この記念誌の発行は、２０１９年（令和元）12月である。せん越ながら私が編集委員長を務めさせてもらった。

Chapter 12

第十二章「美しい八郎湖を未来に残すために」八郎湖水質改善サロン編

干拓前の稲作の実情

——今後の調査研究を望む——

昨年、「八郎潟が干拓される前、湖岸に田んぼを持つ人たちは、湖の水を直接使用して稲作りをした」との話を耳にした。「塩分を含んだ八郎潟の水で稲が育つはずがない」と思い込んでいた私には、にわかに信じられない話だったが、年が明けた今年1月は稀にみる暖冬だったので、家の中に閉じこもっていられず、干拓前の実態を知りたいと思って、湖岸の集落を訪ねてみた。湖水を使用した経験者に一人でも二人でも会いたいと思って向かったところ、意外にも多くの人たちが使用していたことが分かった。

最初に訪れた八郎潟町真坂集落では、小玉善一郎さん（昭和17年生）とお会いした。小玉さんは、「高校を終えた頃、父が用水組合長をやっていたので、父と一緒によくポンプ場に行ったものだ」と言って八郎潟の水を汲み上げたポンプ場に案内してくれた。

集落の4分の1ほどの人たちが湖岸に田んぼを所有していたので、約30戸で三倉鼻用水組合を作って、ポンプ場と用水路を整備して利用したという。ポンプ場跡の近くには、当時使用した鉄管が土手にそのまま残っていた。

このような方法は、真坂地区だけでなく三種町山谷、同鹿渡、同浜村地区でも似たような形で実施したようである。

また、三種町安戸六、同浜田、男鹿市五明光地区などでも湖水を使用したとのことであったが、真坂地区のように共同による方法ではなく、個々で行ったという。三種町大谷地集落に住む80代の女性は、「動力のポンプが登場する前は、足踏みの水車で水を汲み上げた」と話してくれた。

中には、湖面と高さが同程度の田んぼもあり、「湖の水位が上がると自然に田んぼに水が入ってきて、特に水を汲み入れなくてもよかった」と語ってくれた男性もいた。

男鹿市野石地区の歴史に詳しい佐藤健一郎さん（昭和3年生、釜谷地住）は、「昭和10年代に宮沢地区の湖岸をトロッコで山から土を運んで埋め立て、20haほどの田んぼを造成した。この田んぼの用水は、湖からポンプで汲み上げた」と現地を案内してくれた。

この事実から、私は次の二つのことを述べてみたい。

一つは、稲作と塩分との関係である。

果たして、塩分濃度がどの程度なら稲の生育に支障がないのか、県の関係機関に尋ねたところ、「独自の調査記録が無く、他県で実施されたデータによると、資料によって若干の違いがあるが、平均すると0・05％（海水の約60分の1）程度の濃度になるようだ」という。

湖岸の人たちが稲作に使用した当時の濃度がどの程度だったかは、今では知ることができないが、口に含むとやや塩っぽい感じだったというので、0・05％よりもっと高濃度ではなかったかと想像する。

二つは、シジミ貝との関係である。

私が回った湖岸の湖には、干拓前はシジミ貝（ヤマトシジミ）がびっしり敷かって生息していたと、どの方も語ってくれた。現在、湖は淡水化され、シジミが消えてしまった。

中村幹雄著『シジミ学入門』によると、シジミの増殖の最適な塩分濃度は約0・5％（海水の約6分の1）とされているが、私の推測では、当時の湖はもっと低濃度だったように思われる。

一と二の数字からみると、稲の生育とシジミの増殖にはおよそ一桁の大きな違いがあり、学説上では両立（共存）しないことになる。

だが、干拓する前は両立したという事実が歴然としているので、一と二のデータが揺らぐことになる。現在、秋田県では独自の研究が確立されていない状況なので、①稲作と塩分の関係（食味も含む）、②シジミと塩分の関係、の実験と調査を関係機関（農試や県立大など）にお願いしたいものである。

大潟村の農家は、昨年まで私が抱いていたように、塩分に対してシビアな見方をする人が多いように思う。干拓前の先例から、もっと弾力的に考えてみる必要があるのでないだろうか。

令和2年（2020）12月掲載／78歳

Chapter 13

第十三章　短編小説

三年遅れの修学旅行

No. 1

「高瀬の流れ水清く　静かな森の学び舎に……」

谷川タエは下里中学校の跡地にたたずみ、校歌を口ずさんだ。

ここは秋田県の南部、子吉川の支流・高瀬川を二十数キロさかのぼった静かな山あいの町である。タエの母校・下里中学校は、町にもう一つ在った上里中学校と統合し、昭和五十年に廃校になった。お盆の十六日に行われる「傘寿（さんじゅ）」の同期会に参加するため、孫の将太に頼み、車で東京から走ってきたのである。生家が昭和の終わりに埼玉県に移転したため、古里との間が疎遠になり、二十年ぶりの帰郷であった。

十五日の午後、町にある農家民宿に着き、少し休憩をとった後、将太の車を借りて一人で下里中学校跡を訪ねたのである。

中学校は高瀬川に沿って走る国道から少し山手に入った台地にあった。下がグラウンドで校舎は一段高い所に建っていた。校舎とグラウンドの間が土手になっていて、ツツジが植えられていた。

閉校して四十年を超えた今、校舎も体育館も土手のツツジもすべて消え、崩れかけた校門とグラウンドの周りにあった桜が大木となって数本残るのみであった。当時の光景が大きく様変わりするなか、眼下に望む高瀬川の流れだけは六十数年前と同じように清らかだった。独りで土手に腰を下ろして流れを見つめていたら、在学時代のあの思い出が鮮明に浮かんできた。

昭和二十九年六月中旬、新緑が一面広がるなか、校舎とグラウンドの間の土手に咲いたツツジのピンクの花が鮮やかだった。百二十五人の三年生は、六月下旬に行われる東京への修学旅行を目の前にし、準備に追われていた。ほとんどの生徒は東京が初めてで、見学場所の内容の習得や大都会の人ごみに紛れないよう、歩き方の練習などに力が入っていた。

その度に、タエの心は晴れなかった。それは、父親の反対により修学旅行に参加することができなかったからだった。

タエの家は、父親が本家からわずかな田んぼを分けてもらい、分家になった新しいカマドであった。彼女は五人姉妹の末っ子だった。一番上の姉が家を継ぎ、下三人は県外に出て働いており、生活は上向きつつあったが、「姉たちも修学旅行には行っていないのだから、オマエだけを特別扱いすることはできない。旅行は欠席しろ。大人になると、なんぼでも東京に行くことができる」。明治生まれで昔かたぎの父親は頑（がん）として承知しなかった。

タエの家だけでなく、この時代の農村は、父親の言葉が絶対的であった。反論は許されず、彼女は渋々従うよりなかった。

旅行期間中の数日、タエは悔しさをこらえながら自宅で過ごした。そして、「今回叶わなかった修学旅行を、いつか自分の力で必ず実現してみせる」と心に誓った。

昭和三十二年、タエは三重県にある紡績会社の工員となり、日中は労働者、夜は定時制高校に通う、勤労学生になって日夜いそしんでいた。

卒業して三年近く経っていたが、中学時代の修学旅行の無念さが消えていなかった。毎月の給料からコツコツ積み立ててきたので、旅行の費用分を超える金額になっていた。

「よーし、今回実現させよう」

タエは修学旅行の実行を決意した。

五月に入って下里中学校の校長先生宛てに、次のような内容の手紙を送った。

「……在学中に家庭の事情で、修学旅行に参加できなかった残念な思いが今も心から離れません。今回、後輩たちと一緒に修学旅行を実現させたいと思いますので、どうかご許可くださいますようお願いします」

数日後、校長先生から待望の返事が届いた。

「あなたのひたむきな情熱に感銘しました。どうか一緒に参加してあなたの人生の糧にしてほしいと思います。あなたの行動は、後輩たちに大きな希望を与えてくれるでしょう」

このような文面であり、いっそう彼女を元気づけた。

早速、古里の母に手紙を出した。

「校長先生から修学旅行の許しをもらいました。従弟の豊が中学三年になり、今回の修学旅行に参加するだろうから、私の米を豊に頼んで学校に届けてくれるようお願いします……」

終戦から十年余り経っていたが、日本の食糧事情は十分でなく、大都市では米が窮屈な状態だった。そして、手紙が添えられていた。

「先日、豊に米を頼みました。ドド（父）もこのことは喜んでいます。オマエには辛い思いをさせてしまい、申し訳なく思います。オマエの顔が見たくなりました。今年が無理なら、来年のお盆には帰ってきてほしい……」

手紙など書くことがなかった母が、精一杯つづったと思うと嬉しかった。

昭和三十二年六月二十五日朝六時、タエは上野駅のホームにたたずみ、昨夜、羽後本荘駅を出発した列車を待った。間もなく、後輩たち百三十余名の旅行団が到着するのである。

「いよいよ夢が現実になる」

彼女の心が弾んだ。

続々と降りてきた中学生たちの後方から、「やあータエさんだがー、よく来たなあー!」と声が掛かった。在学時に授業を受けた先生たちが付き添っていたのだ。三年ぶりに会う懐かしい顔だった。

いろいろお世話になった校長先生にお礼を述べ、後輩たちに交じって東京見学がスタートした。上野公園、二重橋、国会議事堂、羽田空港――どの場所も初めてで、その感動は後輩たちが味わう喜びと同じであった。

四日間の日程を無事に終え、タエは上野駅で別れを告げ、三重県へと向かった。車中、彼女の胸は、諦めないで目的を実現した満足感でいっぱいだった。

修学旅行後の日本は、高度経済成長へと向かい、生糸産業は化学繊維に押されて下火になった。その影響がタエの会社にも及ぶようになり、高校を卒業した翌年、東京の食品会社に転職した。そこで知り合った現在の夫と結婚し、一男一女をもうけた。

二人の子供には修学旅行のことを引き合いに出し、「諦めなければ、夢は必ず実現する」と教えながら育てた。そのためとは言い切れないが、二人とも真っすぐに成長した。

十五歳で古里を離れ、他人より小さい体で、都会の荒波をくぐり抜けてきた彼女の人生訓は、「諦めなければ、道は開ける」だった。

下里中学校はこの原点であった。校舎は消えても、心の中には中学校がしっかり残っていた。

タエは現在、夫、息子夫婦、孫二人の六人家族で暮らしている。こうして明日の傘寿の同期会に参加できるのも理解ある家族に包まれているからだと、今の自分の幸福に感謝した。「あすは誰と誰が出席するだろうか」還暦の同期会以来、二十年ぶりに会う友の顔を思い浮かべながら思った。

太陽が西に傾き、桜の大木からヒグラシの声が聞こえてきた。夕方になって残暑も次第に収まり、高瀬川から伝わってくる風に涼しさを感じた
「そろそろ宿に帰ろうか」タエはゆっくり立ち上がり、思い出の地を後にした。

※湖畔時報社の令和2年新年文芸「短編小説・随想」の部で、第三席に入賞した。

No. 2

五十年目の巡り合い

秋澄む十月一日――朝日小学校タイムカプセル開封の日である。朝から青空が広がり、願ってもない好天気になった。実行委員の上川正一は「ああ良かった」と胸をなで下ろした。三日前から草刈り、テント張り、テープカットの準備など会場の設営を行って、後は天気が晴れることを祈るだけであった。

カプセルの埋設は、正一が六年生の時だった。五十年の時が流れ、当時の関係者の多くが亡くなったため、正一が中心となり実行委員会を立ち上げて準備を進めてきたのである。

正一にはカプセル開封を役員として迎える喜びのほか、北見明子と五十年ぶりに会えるという個人的に秘めた楽しみもあった。

正一の住むA町は秋田県の北部に所在し、白神山地を源とする早瀬川に沿って十数キロにわたり集落が点々と続いている。昭和四十年代に五校あった小学校は、児童数の減少により、現在は一校だけになった。

朝日小学校は最も上流に在った。日景と狭山の二つの農家集落と二キロ余り上流の朝倉鉱山が学区で、校舎は両地区のほぼ中間に建っていた。鉱山が全盛期だった戦前には、三百人を超える児童がいたが、昭和三十年代になると、鉱山の縮小や農家集落の子供が減少したことから、昭和四十五年度は五十七人になり、複式三学級編成だった。

鉱山が同年十月限りで閉山が決定したため、児童の家族が離れないうちにと、十月一日にタイムカプセルを埋設したのであった。カプセル埋設後、鉱山の子供たちは一人二人と転校していき、朝日小学校は日毎に寂しくなっていった。結局、残ったのは十九人となり、翌三月に五校のうち一番早く校史を閉じ、校舎は解体された。正一は最後の卒業生だった。

早瀬川岸の猫柳の芽が膨らんだ三月——正一はこの日に向けて行動を開始した。

「今年は朝日小学校のタイムカプセル開封の年であり、この相談をしたいので集まってほしい……」

正一は町に住む同窓生たちに声を掛けた。

この呼び掛けに、数人の男女が町の温泉施設の一室に集まった。

「当時の校長先生もＰＴＡ会長さんも亡くなってしまったので、町にいる我々が準備をしなければと思って集まってもらったよ」

と正一が切り出し、協議に入った。

「ところで、健在な先生は何人かな？」

「うーん、元気なのは最上徹先生だけのようだ。七十五歳になりＭ市に住んでいるよ」

「それでは、最上先生に実行委員長をお願いし、我々は実行委員として取り組もうよ」

「正一さんは、昨年まで役場の課長だったから事務局長をやってくれよ」

「まず住所調べから始めなければならないだろう。鉱山の人たちは各地に散らばってしまい捜し出すのが難しいかもしれないが、それぞれ分担して頑張ってみようよ」

出席者から前向きな意見が相次いだ。


緑滴る六月初旬――再び会合を持った。委員たちの努力で、五十七人中、四十五人の住所を確認することができた。正一は早速、「朝日小学校のタイムカプセル埋設から五十年目を迎えたこと。住所不詳の方の情報を知っていたら連絡してほしいこと。開封の日程が決まり次第、改めて案内すること」などを綴った文書を前もって発送した。

数日後、十人余りから「名簿を見て懐かしく思った」「是非出席したい」などの手紙が寄せられ、新たに八人の所在が判明した。

手紙の中には北見明子からのものがあった。

「……正一さん私を覚えているでしょうか。委員長として優しく世話をしてくれる正一さんは女性たちの憧れの的でした。そんな正一さんにイタズラ心が起き、お借りした三角定規を直接返さないで、タイムカプセルに入れたことを覚えています」と認められていた。

正一は明子のことを懐かしく思い出した。彼女は正一より一学年下だったが、複式学級だったので、六年生の時は教室が一緒であった。鉱山の所長の娘で、色白で垢抜けした上品な女の子だった。いつしか正一は明子に特別な感情を持つようになっていた。あれが初恋というものだったと思った。

正一は「自分が育った狭山の八戸が、昭和四十年代に町が造成した住宅団地に集団移転したこと。四年前に妻を病気で亡くし、二人の子供が独立して八十三歳の母と二人暮らしであること」などを書いて返信した。これ以来、二人は手紙を交換する仲になった。

明子の文面から、朝倉鉱山から離れた後、岩手県内の鉱山に移り、父親の退職後は盛岡市内で両親と一緒に生活していること。市内の福祉関係の役所に勤務し、今年退職したが、仕事一筋に打ち込んできたためか、良縁に恵まれずまだ独りでいることが分かった。

このような経緯の下、十月一日を迎えたのである。出席者は四十人を超えた。北海道や長野など遠方からの人もいた。「久し振り」「久し振り」とお互いに再会を喜んだ。

その中には、明子の姿もあった。キラキラ輝く目は、少女時代と変わっていなかった。

午前十時にマイクロバスで町の温泉施設を出発。早瀬川に沿って延びる道路を進み、山峡の高台に在った小学校跡に到着した。

校歌斉唱後、実行委員長の最上先生がテープカットしてコンクリートの蓋が取り除かれた。その瞬間大きな拍手が起こった。五十数通の封筒が取り出され、各々の手に渡された。作文・絵・工作などが詰まった五十年ぶりの封筒を開いて、みんな歓声を上げた。

その後、会場を温泉の大広間に移し「思い出を語る会」へと進んだ。最上先生のあいさつの後、自己紹介、各自のタイムカプセルの紹介、近況報告などと続き盛り上がった。そして、お互いに席を回って旧交を温めた。

明子は正一のそばに来て、カプセルの中から出てきた三角定規の入った角封筒を「長い間ありがとう」と言って手渡し、

「十月下旬に紅葉を探勝しながら、朝倉鉱山跡をじっくり訪ねてみたい……」と語った。

「うーん、あと三週間もすれば色づき始めるだろう。その時は私が案内するから連絡してね……」と正一はそっと答えた。

あっという間に時間が流れ、閉会の午後四時となり、万歳三唱の声が会場に響いた。

「また近いうち同窓会をやろう！」

「最上先生、百歳まで長生きしてね！」

とそれぞれ別れを惜しんだ。

電車で来た人たちは、隣市の駅まで用意したバスに乗り込んだ。正一はバスに向かう明子の

耳元に「待っているよ……」とささやいた。明子は小さくうなずきバスの中に消えた。正一は彼女がきっと来訪すると信じながら、バスが見えなくなるまで見送った——

＊湖畔時報社の令和3年新年文芸「短編小説・随想」の部で第一席に選ばれた。

Chapter 14

第十四章 大潟村史

八郎潟を中心とした人々の暮らし

No. 1

はじめに

満々と水をたたえた湖。白帆を広げて走る打瀬船(うたせぶね)。干拓前の八郎潟の光景である。日本第二の広さを誇る湖は、昭和39年、新生の大地に生まれ変わり、半世紀の時が流れた。在りし日の八郎潟の姿は、湖畔から入植した人たちの脳裏に刻まれているだけで、村民の多くは想像の世界である。

明治期には幸田露伴や正岡子規などの文豪が来遊し、その後も多くの著名人が訪れて八郎潟を記録に残している。果てしなく広がる湖面、湖岸に霞む三倉鼻や男鹿の山々の情景は、県内有数の景勝地であったことを物語っている。

しかし、詩情豊かなこの土地も、そこに根付いて暮らす人々にとっては、決して楽園ではなかったことと思う。八郎潟と深く関わりながら、ひたすら生きることに精魂を傾けてきたことであろう。これは何も、湖畔の生活に限ったことではなく、昭和30年代までの農村すべてに言えることであった。

昭和30年代前半は、日本の現代史上、大きな転換期だった。同30年前後には市町村合併――いわゆる昭和の大合併が行われ、県内に200以上あった市町村が72に整理された。

ちょうどその頃、農村に耕運機が登場し、機械化の幕開けとなった。そして、八郎潟の漁業にもエンジンスクリューが取り入れられ、動力船に変わった。いわゆる高度成長への始動であり、世の中が大きく変わろうとする前兆があらゆるところで起こるようになったのである。

本編では、干拓前の八郎潟――つまり高度成長前の湖畔の人々の暮らしを、周辺の市史・町史や関係資料から、農業、漁業、信仰（民俗、芸能）などについて述べてみたい。

私たち村民が長年慣れ親しんできた周辺1市10町（旧市町）は、昭和の合併で誕生したものであった。八郎潟が水をたたえていた昭和20年代は、昭和の合併以前であり、14町村52集落が八郎潟を取り囲んでいた。したがって、文中では、この14町村名を多く使用することになるので、ご承知いただきたい。この14町村名とカッコ内に湖畔の集落名、湖岸線の距離は次の通りである。

・天王町（天王、塩口、羽立、大崎）＝10・26km
・船越町（船越）＝6・66km
・払戸村（小深見、福川、潟端、渡部）＝6・0km
・潟西村（角間崎、鵜木、松木沢、本内、福米沢、土花、野石、宮沢、石田川原、五明光）＝14・73km
・昭和町（白州野、野村、新関、大久保）＝5・13km
・飯田川町（下虻川、和田妹川、飯塚）＝2・62km
・下井河村（浜井川、小今戸、今戸）＝2・15km
・大川村（大川）＝1・2km
・一日市村（一日市）＝2・07km
・面潟村（夜叉袋、真坂）＝3・27km
・鹿渡町（天瀬川、鯉川、山谷、鹿渡、浜村、新屋敷、牡丹）＝8・73km
・森岳村（二ツ森）＝0・98km

・鵜川村（安戸六、川尻、久米岡、富岡、鵜川、大曲）＝5・46km
・浜口村（浜田、大口、芦崎、大谷地、追泊）＝10・04km

湖畔の農業

（1）地先（湖畔）の開田

飽食の時代と呼ばれ、食べ物が有り余っている今の時代からは想像できないことだが、日本は有史以来、恒常的に食糧不足（特に米）に悩まされてきた。このため県内では至る所で開田が行われ、増産に励んできた。

このことは湖畔の村々でも同じことであった。八郎潟が魚の宝庫だといっても、漁業を専業とする人はごく一部で、ほとんどが水田を基に、副業として漁業に携わっていたのであった。

ここで、昭和20年代の米の事情を説明してみたい。

昭和28年（1953）当時、社会科の教科書には次のようなことが書かれていた。

「日本人は、1年に1人平均およそ1石（約150kg）の米を消費するので、総人口8000万人のわが国は、およそ8000万石（1200万t）の米が必要である。しかし、総生産量は6000万石（900万t）ほどであり、不足分は他に頼らなければならない」という苦しい米事情であった。県内の農家の大多数は、戦後の一時期、自家産米を売って、南京米と呼ばれる外米や押し麦を買って食べていた。

このような状態が長年続き、昭和45年の生産調整が始まるまで、政府も農家も米増産の道をひたすら歩んできたのであった。そもそも八郎潟干拓は、米の増産を目的にした事業だった。

周辺の市史・町史をひもとくと、水辺を埋め立てて、少しずつ田んぼを広げた人々の苦労が随所に見受けられる。その主なものを挙げてみる。

開田にかけた情熱

『八郎潟町史』には、開田には二つの方法があったことが述べられている。一つは、湖との間に堤防を築いて水を排除する干拓方式。もう一つは、湖岸にヨシ（葦）を植え、これに泥砂や漂流物が堆積して浅くなると、土砂を入れて水田にするという埋め立て方式であった。前者を「巻立田（まきたてだ）」と呼び、後者を「埋立田（うめたてだ）」と呼んだ。

このような湖岸の開田は藩政時代から行われてきたようである。『井川町史』には「天保14年（１８４３）に、藩へ願い出た記録が今戸集落の遠藤家に残っている」とあり、『八郎潟町史』には「安政3年（１８５６）に、真坂村・小玉長右エ門が湖岸地帯の開墾に着手」と述べられている。

明治期になると「官有地埋立拝借願」「公有水面埋立願」などが県知事宛に出され、活発に開田が行われたようである。「明治20～30年代にかけて、大今戸・小今戸・浜井川の湖岸埋立地は150haにも及んだと言われる」（『井川町史』）。「米不足で困った大久保村は、村営の地先開田を計画、明治39年まで37ha余を開田した。現在、〝今潟〟〝千刈田〟の字名の田んぼは、この開田地である」（『昭和町誌』）とある。

大正期から昭和期では、「一日市地区では、大正末期までに巻立田90ha、埋立田40haができあがった。夜叉袋・真坂両集落では、巻立田120ha、埋立田30aであった」（『八郎潟町史』）。「昭和7年から浜口村長となった大谷地生まれの畠山重雄氏が、八郎潟湖岸の埋め立てによる増反を決意。数年間で66ha余りを完成させ、1ha未満の農家に分譲して村民の経営の安定を図った」（『八竜町郷土誌』）。「昭和10年、トロッコで砂土を運び、柳原地区の湖岸に18ha余りの田地を造成した」（『若美町史』）と記述されている。

記録には表れないが、個々の農家も冬になると、馬ソリで土砂を運んだりしながら、わずかずつ水辺を埋め立てして田んぼを広げていったようである。

こうして開発された水田は、湖畔14町村合せて2000haほどと推定されている。その多くが耕盤の定まらない低湿地で、膝（ひざ）を没する超湿田のため、家畜も機械も入れず、人力による作業だったという。「開墾地」「ヒラキ（開）」「シンタ（新田）」「オゲンダ（沖田）」などと、地区によっていろいろな呼び名があったが、共通語としては「潟端（かたばた）」と呼んだ。

（2）水害が絶えなかった潟端の水田

潟端の水田は低地帯のため排水が悪いだけでなく、大雨被害にも毎年悩まされてきた。大雨になると八郎潟の水位が膨れ上がり、強い風が海から吹きつけると、船越水道からなかなか水が流出しなくなり、潟端の水田は何日も冠水したという。

この水害状況については、『八郎潟新農村建設事業団史』の回顧編に、二氏が思い出を寄せているので紹介する。

「……昭和30年の春、田植後長い雨が続き、八郎潟の水位が上昇して、沿岸３００haの苗がほとんど水没した。忘れもしない6月24日、一日市付近の田んぼに行ってみたら、根が腐ってドロドロになっているのではないか。あまりの無残さに思わず涙があふれ出てとどめることができなかった。せっかく丹精を込めて植えた苗が、来る年も来る年も水浸しになってしまう。これをこのままにしておくなら、政治も行政も無いに等しい。よし、この水害防除のためにも、八郎潟干拓は自分の政治生命をかけてもやりとげなければならないと決意した」（秋田県知事・小畑勇二郎）。

「(出身地の状況に触れて）……毎年、夏や秋には潟が荒れ狂い、農民を苦しめます。雨が降り、南風がやまず、潟の水はどんどん田んぼを水面と化していきます。高い所からながめ、潟が近くまでやって来たと言ったものです。植付け間もない苗は徒長し、水の引いた地面にべったりと倒れ、見るも情けない姿になります。秋には刈り取って乾燥中の稲が、時には杭ごと流されて稲が散らばるのです。せっかく一年間苦労して育てたものが一晩のうちに流されるのです」（大潟村農協組合長・宮田正馗＝鵜川出身）。

戦後、湖畔の町村が国や県に陳情を繰り返してきた結果、防波堤工事が認可され、昭和26年に着工したが、三倉鼻から馬場目川岸まで5920mの工事が進んだ昭和31年、八郎潟干拓の計画が具体化して事業が打ち切られたという。

八郎潟干拓は、新生の大地・大潟村を誕生させただけでなく、潟端の田んぼの水害解消と湿田を乾田に替えた事業でもあった。

（3）湖畔で起きた小作争議

八郎潟の沿岸部一帯（特に南秋田郡）は、大正末期から昭和の初期にかけて小作争議が多発したという。県内の三大小作争議の中に、一日市争議（昭和3年終結）、下井河争議（同5年終結）が入っている。大川村、昭和町、飯田川町、払戸村でも発生したようである。

小作料の滞納による土地の取り上げなどから問題が大きくなったと伝えられている。『秋田県の百年』（田口勝一郎著）によると、昭和20年の小作地は、南秋田郡が64・1％で、平鹿郡の68・7％に次いで高かった。以上のことから湖畔には小作者が多く、必ずしも裕福とは言えなかったことがうかがえる。

昭和5年に出された小説『赤い湖』（金子洋文著）は、湖畔の小作争議を題材にしたものである。

（4）潟端の田んぼを耕作した入植者たち

入植者には、潟端の田んぼを耕作した経験者がいる。この人たちから体験をうかがった。

「シチボウ崎という場所に田んぼがあった。祖父の時代に埋め立てて造られた土地だった。下が砂地なので特別ぬかることはなかったが、大雨のたびに冠水した」（佐藤繁雄さん＝東2―4、宮沢出身）。

「潟端に田んぼがあった。台風が来ると、湖の北端にある浜口地区は南風によりモク（藻）や木片が大波に乗って流されてきて、収穫前の稲に覆いかぶさり、被害が絶えなかった」（金子錠太郎さん＝西3―2、大口出身）

「田んぼの3分の1が潟端にあった。いつも湿田状態で、刈り取った稲は田舟（たぶね）に入れて畦畔まで運んだ。刈取り後の田んぼにはエビがたくさんおり、網ですくって持ち帰ったものだった」（渡部兼美さん＝東2―6、真坂出身）。

八郎潟の漁業

（1）潟漁業のあらまし

八郎潟は汽水湖（海水と淡水が混合した塩分濃度の低い湖）であった。船越、天王地区で多少塩分がある程度で、ほとんど淡水に近い状態だった。日本海から入ってくる海水魚と、常に潟内に生息する淡水魚のバランスがよくとれ、古くから〝魚の宝庫〟として漁業が盛んに行われてきた。昭和29年の県統計調査事務所の資料によると、県内総漁獲量の47・3％を占めていた。漁に使用する船は、「潟船」といって船底が平らになっており、海の船と形が違うものであった（大潟村干拓博物館の屋外に展示）。

湖畔というと、住民の大半が漁師だったと思われがちだが、漁業戸数は20％前後だった。昭和28年の資料によると、総戸数1万2852戸のうち、漁業戸数は2770戸で21・6％、同10年の資料では、総戸数9444戸のうち漁業戸数は1638戸で17・3％であった。このうち85％ほどが半農半漁であり、専業漁家はごくわずかだった。

もちろん、地区によって漁家の割合はそれぞれ違っていた。昭和28年の場合を14町村別にみると、高い方では、払戸村46・8％（298戸）、潟西村44・2％（504戸）、天王町33・5％（638戸）、鹿渡町29・2％（370戸）、浜口村26・8％（238戸）であった。一方、少ない方では、森岳村（０戸）、飯田川町４・９％（46戸）、大川村７・８％（30戸）、面潟村８・２％（64戸）、鵜川村10・８％（86戸）であった。

また、漁船数（動力船、無動力船）は、天王町が４６１隻(せき)で群を抜き、次いで、浜口村１６７隻、潟西村１５２隻、払戸村１４９隻、鹿渡町１２８隻、船越町92隻、昭和町90隻であった。

昭和28年頃は、八郎潟の周囲には25漁業協同組合があり、組合員は約２８００人であった（漁業戸数とほぼ一致）。25の漁協名と組合人数は次の通りであった。

浜口＝２４５、鵜川＝81、鹿渡＝２４２、鯉川＝１２６、真坂＝32、面潟＝31、一日市＝91、大川＝33、下井河＝１２６、飯田川＝44、大久保＝81、野村＝99、大崎＝61、羽立＝１５２、中羽立＝51、塩口＝１０２、天王町＝30、天王＝１６２、江川＝94、船越町＝64、船越＝35、払戸＝３１１、潟西＝99、琴浜第一＝１１９、野石＝２６７

（２）漁業に関した文献と保存施設

八郎潟漁業を知る文献、資料、保存施設はいろいろあるので、この主なものを紹介してみる。

古い記録では『氷魚(ひお)の村君(むらぎみ)』や『絹篩(きぬぶるい)』がある。『氷魚の村君』は、文化７年（１８１０）に紀行家・菅江真澄が著した書で、氷下漁(こおりしたりょう)を主体に記録し、図絵も20種描かれており、江戸時代から氷下漁が行われていたことがよく分かる。『絹篩』は、嘉永5年（1852）に船越の鈴木重孝が編集した書で、男鹿地区の村々を今の村政要覧風に著している。八龍湖（八郎潟）の漁業にも触れ、10種の漁法と40種に及ぶ魚類を紹介している。（『氷魚の村君』は『菅江真澄全集』に、『絹篩』は『秋田叢書』に所収されている）

明治期から昭和期を知る資料としては、『秋田県勧業年報』（明治15年）、『八郎潟水面利用調査報告』（大正5年）、『八郎潟水面基本調査』（昭和9年）、『八郎潟漁業経済報告書』（昭和28年）がある。

昭和40年に出された『八郎潟の研究』（秋田県教育庁社会教育課編）、同43年の『八郎潟』（秋田大学八郎潟研究委員会編）には、前述した資料の重要部分が取り入れられている。『八郎潟の研究』には、船越生まれの魚類研究家・潟岡太刀三氏（明治45年～平成元年）が「干拓前の魚類70種の写生と生態研究」を47頁にわたって発表している。

なお、両書は漁業だけでなく、農業、地学、生物、民俗など干拓前の八郎潟全般を知るうえで貴重な資料であり、文中でのデータは両書に頼った。

保存施設には「八郎潟漁撈用具収蔵庫」（潟上市元木山公園内）、「潟の民俗展示室」（潟上市天王グリーンランド内）、「若美ふるさと資料館」（男鹿市野石）、「八郎潟展示館」（八郎潟町川口）などがある。

特に「八郎潟漁撈用具収蔵庫」には、漁船や漁具約150点（78点は昭和35年に国の重要民俗文化財に指定）が収蔵され、壁面には氷下漁の絵もあり、かつての八郎潟漁業や風俗を知ることができる。他の施設も村の干拓博物館では見られない資料が展示されているので、ぜひ足を運ばれたいものである。

（3）魚類、漁法、漁獲量

八郎潟に生息する魚類は40科、およそ72種といわれ、そのうち漁獲されていたのは40種ほどであったという。主なものは、ワカサギ、シラウオ、フナ、ボラ、ハゼ、ゴリ、エビ、アミ、セイゴ、サヨリ、カレイ、ナマズ、ドジョウ、ウグイなどであった。

これらの魚を獲るため、潟の漁師たちは長年工夫を重ね、海の漁船と違った潟船や、漁法でも、海漁には見られない多種多様の漁法を編み出してきた。この漁法を大別すると、「建網漁（たてあみりょう）」（以下、建て網）、「曳網漁（ひきあみ）」（以下、引き網）、「刺網漁（さしあみ）」などであった。

建て網漁には、ワカサギ建て網、シラウオ建て網、ボラ建て網、フナ建て網、フクベ建て網、間手網など。引き網漁には、船引き網、氷下引き網、ゴリ引き網、打瀬網、動力シラウオ引き網、アミ引き網など。刺網漁には、ワカサギ刺網、フナ刺網、シラウオ刺網、セイゴ刺網、ボラ刺網、ウグイ刺網、ハゼ刺網、氷下刺網などの漁法があった。

このほかに、巻網、ウナギを捕った配縄（延縄）、エビを捕ったエビド、漬柴などがあり、人数、魚類、季節によってそれに適した方法がとられた。建て網、刺網は2、3人の家族単位で、引き網は10人規模のグループで行われることが通常であった。

漁獲量はその年により違いがあったが、昭和28～29年頃の水揚げは、ワカサギが断トツで、フナ、ハゼ類、シラウオと続いた。シラウオはワカサギの15％ほどの水揚げであったが、八郎潟の名産として価格が良く、金額的には有利であった。

昭和29年の調査では、八郎潟の魚類は県内消費量の約47・3％を占めていた。しかし、系統的な荷受機関が確立されていなく、市場への流通は約1千人余の行商人に小口で卸売りされるほか、48軒の加工業者（大部分が佃煮業）に販売された（電話帳によると、平成22年の佃煮製造業者は5店だけである）。

八郎潟は魚類だけでなく、シジミ貝、モク（藻）も豊富であった。潟のシジミ貝はヤマトシジミで、どこでもよく採れたが、魚と比べると収入にならなかったので、自家用が主であったようである。現在は、琵琶湖のセタシジミが昭和43年に放流され、生息が確認されている。

モクには多くの種類があったが、リュウノヒゲ、コアマモ、ヒロハノエビモの3種類が大半を占めていた。リュウノヒゲは方言でナガモク（長さが3ｍ以上になることによる）と呼び、湖の全域に生育。コアマモはニラモク（ニラに似ていたことによる）と呼び、船越水道に近い水域に生育。ヒロハノエビモはチャッカラ（葉っぱが茶殻に似ていたことによる）と呼び、全域に生育した。

モクの用途は広く、田畑の肥料、冬囲いの材料、トイレットペーパーの代用、オムツ、寝具（布団）などに使用された。洗濯すれば何度でも使用でき、水を含ませると防火にも役立った。中でもコアマモは質が良く、乾燥して五城目の市や阿仁地方など内陸部にも行商によって販売された。

現在、八郎潟のモクはほとんどが絶滅危惧種となり、極めて少なくなっている。

（4）八郎潟のシンボル「打瀬船」「氷下漁」「ガンガン部隊」

八郎潟の風物詩と言われた「打瀬船（うたせぶね）」（以下、うたせ船）と「氷下漁（こおりしたりょう）」、そして、当時名を馳せた「ガンガン部隊」について概要を紹介する。

うたせ船

2艘（そう）の打瀬船が網を引きながら行う漁をうたせ網漁といい、9月上旬から結氷期まで行われた。うたせ船の多くは一般の潟船に白帆をたてたもので、風力で動かすため、高度の技術を要したという。昭和30年頃、エンジンによるスクリューが登場したため、次第に姿を消した。昭和20年代は、約7割が塩口・羽立地区（潟上市）の漁師たちで、ほかに一日市、鹿渡地区でも行われたという。八郎潟には、明治35年（１９０２）茨城県霞ヶ浦生まれの坂本金吉（歌手・坂本九の祖父）一家４人が、芦崎集落（三種町）の工藤富吉宅に寄宿して、霞ヶ浦の漁法を広めたと言われている。村内で、うたせ船に携わった人を捜したが見当たらなかった。

氷下漁

八郎潟は冬期間になると全面凍結したので、氷に穴をあけ、網を入れて行われた漁法で、県内ではここだけであった。この氷下漁は、諏訪湖（長野県）での漁法を久保田町（現秋田市）の住人、高桑与四郎が寛政６年（１７９４）に習得して広めたとされている。氷に穴をあける道具は「手力」と呼ばれる平べったい鍬であった。この道具は、菅江真澄の絵とほぼ同じものが１５０年間も使用されていた。氷下引き網（曳網）は、一組10人前後で行われ、必要数の穴を作り、網を氷の下から引いてワカサギ、フナ、ボラなどを獲った。『八郎潟と八郎太郎』（天野荘平著、谷口吉光解説）によると、三倉鼻から南の湖東部が、風で運ばれた雪が氷の上に積もるため、氷下漁には最適だったようで、払戸、塩口、羽立地区の漁師たちが、朝暗いうちに家を出て、１時間以上かけて漁場に出向いたという。

氷下漁は、必ず10人規模でなければできないものではなく、人数や用具などに応じてそれに適した方法で、八郎潟一面で行われた。

ガンガン部隊

八郎潟の魚をガンガン（ブリキ缶）に入れ、朝早い列車に乗って秋田市の市場に運ぶ行商人を指して呼んだ言葉で、奥羽本線や男鹿線の各駅は人波でにぎわった。女性たちが多かったようである。村民で、ガンガン部隊を経験した人には見当たらなかった。

（5）漁業を経験した入植者たち

「田んぼが少なかったので、漁業が主体だった。動力船を持って干拓工事が始まるまで漁をやった。総合中心地付近は湖底が浅かったので、ナカゼェ（中瀬）と呼び、潟西地区の人たちはこの内側で漁を行い、中瀬を越えて沖に出ることはなかった。宮沢、潟端、本内に佃煮屋があり、捕った魚はほとんどそこで買い取ってもらった。エビは自分で蒸して、仲介人に買ってもらった。エビドは自分で作った。潟船は今戸集落に腕の良い潟船大工がおり、船はそこに頼んで造ってもらった。エンジンスクリューは東京発動機や三井発動機から発売されたものが流行した」（佐藤満さん＝西1―2、宮沢出身）。

「半農半漁だった。ザッコ（小魚の総称）が一番捕れた。二番目はワカサギで価格は良かったが、ザッコのように大量には捕れなかった。イシャザ（アミ）は塩辛にして醤油代わりにしたが、業者が買ってくれなかったので残りは堆肥として使用した。天王付近には良質のモクがあり金になったが、潟西地区にあるのはナガモク（リュウノヒゲ）でほとんど堆肥用であった」（佐藤正之さん＝西1―2、野石出身）

「昭和23年、学校を終えて生家の手伝いをした。生家は1・6haの田んぼがあったが、漁業もやり、近辺では大きい方だった。動力船を2隻持ち、家族でワカサギ引き網を主体にやった。現在のA13圃場（ヤングファーム）付近が良い漁場だったので、朝暗いうちに土花集落（男鹿市）を目指して出発し、1時間10分ほどで着いた。大久保に大きな佃煮屋があり、船に魚を積んだまま持って行った。うたせ船に乗っている天王地区の人たちと時々一緒になることがあり、シラウオとワカサギを交換したりしたこともあった。うたせ船に近づくと、帆がびっくりするほど大きく威圧感を受けた」（森田奨さん＝東2―3、小今戸出身）

八郎潟の現象、信仰、遊び

（1）恐ろしい潟の災害

八郎潟は急に天気が変わり、油断のならない湖だった。漁師たちは、「男鹿の本山に雲がかかると西風になる」「鳥海山が晴れたら南東の風になる」などと雲や山を見ながら、天気には殊更気を配って漁にでたという。

過去の記録をひもとくと、悲惨な事故が起こっている。「昭和8年9月5日、南秋田郡青年団体育大会に出場する27名の青年が、船越から発動機船に乗って一日市に向かう途中、逆巻く湖の大波に呑み込まれて遭難。19名が水死」（船越近隣公園内に「慰霊碑」が建立）、「昭和56年8月23日、ワカサギ漁に出た6隻の漁船が転覆。10名が水死」などで、時には命を呑み込む危険な湖であった。

また、八郎潟にはジャ山という特有の自然現象があった。冬季に湖面を厚く覆った氷が、寒気が緩むと割れて、北西の風に押されて南東部の湖岸に押し寄せた。強風が続くと氷が積み重なって山のように大きくなって船や家が壊されたこともあったという。

干拓後、ジャ山現象はほとんどなくなったが、平成17年、羽立船着き場に（潟上市）に押し寄せて話題になった。

嶋崎竹雄さん（東2―5、羽立出身）は、「干拓前の羽立、塩口の両集落は、湖のすぐ脇にあったので、子供の頃ジャ山で民家がつぶされたことを記憶している。物心が付いた頃からジャ山は恐ろしいものとして育った」と語ってくれた。

（2）八郎太郎信仰

「八郎太郎という若者がある日、竜になって十和田湖から流れてきて、八郎潟を造って棲みついて湖の主になった」――誰でも知っている八郎太郎伝説のあらましである。湖畔の集落には、至る所に八郎太郎信仰があり、各所に神社や石碑が見られる。漁業では豊漁と安全祈願、農業では水の神様（雨乞い、洪水の防止）として信仰され、湖畔の人たちは長い間、畏敬の念を持って八郎様として祭ってきた。

八郎太郎信仰は地域によって多少の違いがあるが、通説では、「船越の八龍神社（防潮水門の近くに所在）が八郎太郎を祭る本社であり、三倉鼻の夫殿（おどの）の洞窟（岩屋）には老爺（ろうや）、対岸の芦崎集落の姥御前（うばごぜん）神社には老婆が祭られている」と伝承されている。八郎太郎と老夫婦伝説は、総合年表「あの日何があったか」（昭和40年の出来事）を参照されたい。

『八郎潟と八郎太郎』には、湖畔にある八郎太郎に関する神社、石碑をくまなく紹介している。同書によると、干拓前はどの地域にも講中（こうちゅう）（八郎太郎を祭るため組織された団体）があったが、現在はほとんど衰退してしまったとされる。今では、神社や石碑などを訪れる人も少なくなり、忘れられた存在になっているようだ。

このことは、八郎潟干拓が直接の原因ではなく、農村から年中行事や祭りが消えつつあることと同様、時代の趨勢（すうせい）により価値観が変わったことによるものと考えたい。

（3）八郎潟と子供たち

子供たちにとって八郎潟は格好の遊び場であった、今と違って子供たちはほとんど外で遊んでいた時代だったので、春夏秋冬いろいろな遊び方をしたようである。

湖岸の集落で育った入植者4人の方は、次のように少年時代を振り返ってくれた。

「四季を通じて八郎潟は遊びに事欠かなかった。初夏の頃になると、水辺のヨシ原をかき分け、カモやヨシキリの巣を探して卵を取ったことも思い出の一つ。当時、卵は貴重品で、子供の口には入らない時代だったから……」（蓬田勝雄さん＝西1―1、野石出身）。

「家の前が湖だったので、年中通して格好の遊び場だった。夏休みになると水泳、冬休みにはスケート、朝から晩まで遊んでいたものです」（菅原勝己さん＝西3―1、野村出身）。

「福川は、湖まで100mほどの潟縁（かたべり）の集落だった。小学校の高学年にもなると、夕方、湖で馬を洗う作業が子供の役割であった。学校から帰ると馬を引いて毎日湖に行ったものです」（小玉弘孝さん＝西3―1、福川出身）

「学校から帰るとカバンを放り投げ、すぐ湖に向かった。友だちと夢中になって魚を捕るための道具や方法を工夫した少年時代でした」（船木文男さん＝西1―2、小深見出身）。

参考文献

『琴丘町史』（平成2年）『昭和町誌』（昭和61年）『井川町史』（昭和61年）『飯田川町史』（平成12年）『男鹿市史』（平成7年）『若美町史』（昭和56年）『八郎潟町史』（昭和52年）『八竜町郷土誌』（平成17年）『山本町史』（昭和54年）『天王町誌』（平成23年）『八郎潟の研究』（昭和40年、八郎潟総合学術調査会）『八郎潟』（昭和43年、秋田大学八郎潟研究委員会）『八郎潟新農村建設事業誌』（昭和52年）『八郎潟新農村建設事業団史』（昭和51年）『秋田県の百年』（昭和30年、田口勝一郎著・山川出版）『八郎潟と八郎太郎』（平成17年、天野荘平著・谷口吉光解説）『八郎潟』（昭和47年、千葉治平著・講談社）『国土はこうして創られた』（昭和49年、富民協会）『秋田県の歴史散歩』（平成20年、山川出版）『各駅停車　秋田県』（昭和56年、秋田魁新報社）『女たちは雑草のように』（昭和56年、県老人クラブ連合会）『男たちは黙々と歩いた』（同）『子供たちは逞しく生きた』（同）『八郎湖岸農民運動の記録』（昭和55年、湊五郎著）

農政と営農問題　No. 2

青刈りに揺れる（昭和50年）

モチ米に着目

昭和49年11月の5haの追加配分は、規模拡大と圃場条件の格差是正（面積、土壌条件など）という喜ぶべき面があったが、一方では半分もの畑作が義務付けられたことに対する不安も大きかった。

この不安解消のため大潟村農協（宮田正馗組合長）は、前年の48年に、当時不足気味だったモチ米に着目し、モチ米2・5haを準畑作として認めてもらうよう関係機関に運動を起こしていた。同年秋には秋田食糧事務所長に出席をお願いし、農協主催によるモチ米作付けに関する全体集会を開いた。その席上で食糧事務所長は「モチ米が不足しているので1戸2・5haを作付けしてほしい」という趣旨の話を行った。この集会を境に農協は、50年作付けをウルチ米7・5ha、モチ米2・5ha、畑作5haの営農計画を組合員に提案したのである。

このような背景があったので、49年7月に農林省（現農水省）に提出した「追加配分申込書」

に添付した〝作目別作付計画〟には、ほとんどの人がそのように記載した。そして、この書類は、何のクレームもなく受理されたのである。

六者会議

ところが、年が明けた50年3月に状況が変化した。3月29日、農林省構造改善局・鶴岡参事官が来秋し、村、農協、村政審議会、新村協、土地改良区、カントリーエレベーター公社の6団体の代表が秋田市に呼び出され、「水稲10ha作付けを自粛するよう農家を説得してくれ」と要請したのである。

その後、6団体の代表者による協議（六者会議）が数度開かれ、4月26日、「できるだけ基本計画に近づけるべき」との結論に達した。そして、4月28日に農協が組合員全員を対象にした集会を開催し、「農林省の強い要請なので水稲面積を8ha台に抑えるように」という内容の説明を行った。

組合員はこの時初めて、モチ米2・5haを含む水稲10ha作付けが難しい状況であることを知らされたのであった。突然のことなので、会場は驚きと動揺に包まれた。中には「今さらそんなことはできない。10haで進むべきだ」と声を荒げる人もいた。10ha分の苗が順調に生長している時期であり、丹精を込めた苗を捨てるかどうかの厳しい決断を入植者は迫られたのである。

5月18日には、鶴岡参事官が来村し、「水稲面積はおおむね半分であることを理解してほしい」と小学校の体育館で村民に説明を行った。違反した場合は、農地の買い戻しもあることに言及しつつ、8ha台の作付けを認めるものではないが、今年は9haを超えなければ土地処分の対象にはしない旨の発言をした。

この時から稲作面積の上限は8・99haということで扱われることになった。しかし、村内は田植の最盛期であり、作業の中止は難しい状況であった。

超過分の是正——いわゆる青刈り

6月後半になって、個々の作付面積に差があることが判明。当時の毎日新聞によると「580名中、8ha台182名、9〜9・5ha247名、9・5〜10ha 59名、10ha以上92名」という内訳になっている。

9haを超えて作付けした人には、八郎潟新農村建設事業団（以下、事業団）や村から是正（踏み倒しや青刈り）の指導が行われた。これに対して入植者たちは、6月に「大潟村農業対策協議会」（土井博之代表。略称・農対協）、7月には「大潟村作付け対策本部」（小澤健二代表。略称・対策本部）を組織し、「3月28日に作付け制限の方針を打ち出しながら、5月18日まで知らされなかったのは指導の不徹底であり、このミスを入植者に押し付けることは容認できない」として、10ha稲作を守る運動（青刈り反対運動）を展開した。

一方で、8ha台に従った入植者側からは「正直者がバカをみるような不公平感が募る行政には納得できない」という声が高まって、入植者同士の感情の対立にまで発展していった。

8月に入り（4～5日）、農林省から鶴岡参事官らが来村し、個人個人の事情聴取を実施し、農地の処分をちらつかせながら是正指導を行った。中旬以降は、青刈り反対を叫ぶ入植者や支援団体の盛り上がりにより、是正調査が中断したり、また、早く是正した人としない人との間で感情の対立も激しくなるなど、村は異常な雰囲気に包まれた。結局、8月末まで是正に応じた人は200名余りで、155名が残った。

農協が収拾に乗り出す

9月を迎え、対策本部と農対協は、村内で仲間割れ（入植者の対立）の状態では運動の成果が十分上がらないと判断。問題を収拾しようと農協に仲介を委託した。

これを受けて農協は同2日、中央公民館で組合員の合意を求めるための協議会を開いたのである。

農協は収拾案として、①過剰作付け分は青刈りを実施する。②しかし、稲はすでに実りつつあるので、刈り取った稲をカントリーエレベーター公社に収納する。③この米をクズ米として売却し、収益は共同財産ということにして農協が管理する。④過剰作付け者に対し、圃場の一時使用農地の取り消しなどの処分は行わない。この4項目を協議会に提示した。しかし、約300人の出席者の大半が指導に従った人たちだったので、反対意見が続出し、仲介は不調に終わった。

この案は客観的にみて、妥当な内容であったが、指導に従った多くの人たちの間には「裏で何を企(たくら)んでいるか分からないので、とても信用できない」という強い不信感を持っていたのであった。今までなかった現象が入植者間に生じたのである。特に、営農グループ、隣近所といった日常最も近い人間関係が崩れたのであった。

農林省の最後通告

9月3日、農林省は青刈りに反対している155名に対して「9月5日午後5時までに青刈り面積を申告するように」という最後通告を出した。応じなければ処分の検討に入るというものだった。これにより「対策本部」と「農対協」の2団体は、5日になって「青刈りもやむなし」との態度を表明し、急速に青刈りが進んだ。

9月8日の秋田魁新報は「……確認調査は職員16名が5班に分かれ、入植者の申告図面をもとに圃場に出向いて目測を行った。今回の確認対象者は最後まで青刈りに反対した155名と前の調査で刈り残しなどがあった10名と合せて１６５名。７日の調査では約10名を残しただけでほとんど確認を終えた。確認できなかったのは、過剰作付けが多く物理的に青刈りが間に合わなかった入植者がいたことと、申告図面の記載ミスで青刈り現場の見落としなどがあったためで、今日、８日に補足調査を行い、確認作業を終わらせる」と報じている。

このようにして5カ月に及んだ作付け騒動に一応終止符が打たれた。その後、９月９日に問題の責任を取って農協理事全員が辞職し、同23日に選挙が行われ新体制に変わった。騒動は収まったとはいえ、後に多くの問題を残しての終結であった。

ゼブラ方式で乗り切る（昭和51年）

運動の一本化

50年の作付けに当たっては青刈りに従った農民組合（作対本部）であったが、「青刈り反対運動の不成功は、入植者の足並みがそろわなかったことによる」との反省から、「51年の作付けは、村内の一本化を図り、水稲10ha実現に向けて運動を展開する」という目標を掲げた。しかし、一農民組合が先頭に立っても、村内の一本化は難しいと考え、大潟村農協にこの運動の申し入れを行い、農協はこの要請を受けることになった。

一方、行政側も50年の二の舞にならないようにと、秋田県と事業団は農林省と折衝を行ったものの、明確な回答が得られないまま年を越した。また、年明け早々の1月7日、小畑知事は安部農林大臣を訪ね〝トップ会談〟を行ったが、物別れに終わった。

1月16日、事業団は51年度の営農説明会を開催。和田理事長は「8・25haの線を少しでも上げるよう交渉するが、見通しは非常に厳しい」と挨拶、情勢の厳しさを訴えた。また、「今年は田植後の6月上旬に作付面積を調査、違反者には配分通知書の取り消しなど行政処分を行う」との方針も示した。

1月26日になって農林省は大潟村の稲の作付け限度面積を8・6haと決め、県と事業団に通知してきた。違反者には、一時使用農地の取り消しや竣工農地の買戻しを行うというもので、この時初めて文書で明示された。

推進本部

その後、農協では10ha稲作の進め方について、住区座談会を開催。どの会場でも「足並みをそろえてやることが大切」という意見が多く出された。

この頃から農協の運動に対して行政や上部組織から「法人格を持った農協が行政指導に逆らった行動をとることは好ましくない」との批判の声が日々強まっていった。3月に入って宮田組合長は、農協とは別組織で運動することを検討し、3月16日に入植者全員を対象にした会合を開き、「大潟村稲作拡大推進本部」を発足させた。農協役員全員が個人の立場で委員になり、①作付面積は8・99～10haの範囲とし、各自の判断で行う。②この範囲外の人には、範囲に入り運動に参加してもらうよう協力を依頼する。③土地を守りながらの運動とする。これらを基本方針に掲げた。

3月30日、農協の通常総会が開催。組合員の関心は作付けに集中、開始早々の議長選出から混乱し、議事に入ってからも「大潟村の営農は10ha稲作の確立が基本。農協はこの線で指導すべき」との動議が出され、この取り扱いを巡って紛糾。結局「水稲作付面積を当面10haを目指して日常活動を展開したい」とする文言を「10haの作付けを目指して最大限努力する」と議長が収拾し、午後9時15分、閉会を宣言した。

新村協の秘策、ゼブラ方式

ちょうどその頃、大潟村新村建設協議会（津島信男会長。以下、新村協）の役員の間で「村内の一本化は常識を破った方策でなければダメ」と秘策が練られていた。それは、後にゼブラ方式と呼ばれたもので、10haの圃場を使用して1m幅の不作付け地を多く作り、実際の作付面積を8・6haとする方法であった。

新村協幹部は、この案で村内の一本化を進めるべく、4月中旬から地元選出県議の力を借りて小畑知事と再三交渉を行い、最初は難色を示していた知事を「この方法で村内がまとまるのであれば考えなければならないだろう。田植え後の結果を見てから……」と言わしめた。

執行部はこの案を「田畑輪換方式」と名付け、役員会に諮り、作付け方法を①実作付面積が8・6haを超えないこと。②圃場は8枚（標準圃場で10ha）以内にすること。③不作付地は幅1・3m以上であることなどを決め、同下旬から5月にかけて説明会や文書で会員（入植者）に呼び掛け賛同を求めた。

こうした動きの中で、稲作拡大推進本部内では、一本化が難しい運動よりも田畑輪換方式の方が現実的との見方が広まり、委員の辞退が相次いだ。そのため事実上、動きがとれなくなり、4月29日に推進本部は解散した。

田畑半々が司法の場に

一部で田植えが始まった5月10日、大潟村農民組合（組合員94名）の小澤健二委員長と佐々木勲一書記長が、水稲作付け制限に従う義務がないとして、国を相手取り秋田地裁に「債務不存在確認請求」の訴訟を起こした。訴状の要旨は、⑴昭和49年の5ha追加配分の際に交わした「田畑おおむね半々」は、同48年3月に所有権を得ている基本圃場の10haについては適用されないので、畑作の義務がない。(2)仮に15ha全体に適用されるとしても、経営が安定しない限り畑作は強要されない――というものだった。(後出「営農に関する訴訟の概要」参照)

認知されたゼブラ方式

6月に入って村と事業団が確認した結果、田畑輪換方式を取り入れた農家が473戸、明らかに8・6haを超えると見られる農家が67戸であった。

この結果を踏まえ小畑知事は農林省を訪ね、岡安構造改善局長と会い、「8・6haを超えない限り、農林省としては処分を行わない」とする回答を得、翌日17日、田畑輪換方式(ゼブラ方式)が認可された旨、全農家に文書で知らされた。

秋田魁新報は7月6日付で「……農林省から是正することを求められた農民67名は、6月30日までに全員是正報告書を同省の窓口である大潟村役場に提出した。……現地で立ち入り検査を行った結果、2日の時点で20名が是正作業中であることが分かり、7日までに県と村が是正を確認することになった……」と報じている。

51年は、昨年のような騒動にはならず、ゼブラ方式で何とか切り抜けた。

村主導で確認作業実施（昭和52年）

51年のゼブラ方式による作付けは、農家の受けが良く、52年もゼブラで作付けをする人がほとんどであった。この年の水稲確認作業は村主導で行われた。これは、3月31日で、国営干拓事業と八郎潟新農村建設事業が完了したことにより、営農指導は国から県に移り、村長の権限が拡大したことによるものだった。

日常の付き合いが深い村職員の確認だったので、調査は弾力的に行われた。一見して不適正な作付けも見受けられたが、村の裁量で収め、表立った過剰作付け問題は起こらなかった。

このことは、村全体としては大きなメリットであったが、一方では「正直者がバカをみた」（指導に従ってきっちり作付けした者が不利益を被った）と、不公平感を訴える声があちこちで聞かれた。

2000haの青刈りで大混乱（昭和53年）

ゼブラ方式に〝ノー〟

昭和53年の減反政策は「水田利用再編対策」として実施されることになり、52年11月29日、県から村に214haの転作目標面積が配分された。これまで大潟村への減反面積は、45年度141ha、46年度385ha、47年度747ha、48年度663ha、49年度93haと続いたが、50年度からは「田畑おおむね同程度の複合経営」になったことにより、配分が免除されてきた。

しかし、新対策では再び転作が課されることになったのである。この対策では、公平確保措置（ペナルティー）が新しく設けられ、転作未達成の場合は翌年度に加算、新しく自己開田した場合は2倍の転作面積が加算されることになった。大潟村では8・6haから1戸当たり0・37haの転作であり、稲作面積は8・23haに下がってしまうという厳しいものであるとともに、6・4haの畑作部分に稲を植えると自己開田とみなされることにもなった。村の関係者は、どう扱えばいいのか困惑し年を越した。

53年の年が明けて、農業団体と農家の代表で組織する「水田利用再編対策協議会」が設置され、転作を受け入れることは決めたものの、面積の配分をどうするかの結論は出せないでいた。2月17日には県から、昨年までのゼブラ方式は認めない旨の文書が農家に配布され、ますます困惑し、この対応を村議会に委ねたのであった。

議会の対応

これを受けた村議会は、転作を消化し、かつ稲作実績は昨年を下回らない方法として、ある妙案を考え出した。

それは、①２１４haの転作配分は25戸が全面畑作をやり１００％消化する（８・６ha×25戸＝２１５ha）。②一方、稲作農家は10枚（標準圃場12・５ha）程度の作付けをする。③稲作農家は、１戸30万円以上の「とも補償金」（互助金）を畑作農家に支払う。④畑作引き受け者と互助金の額は16地区でそれぞれ決める。このような内容であり、３月15日の議会全員協議会で申し合わせた。

２１４haの転作面積は確実に消化しなければならないが、稲作の確認は村長権限（52年３月31日に国営干拓事業・八郎潟新農村建設事業が完了したことにより、営農指導は県の手に移り、村長の権限が拡大した）なので、なんとかクリアできると読んだのであった。

早速、16地区ごとに話し合いの場がもたれ、26戸（当初の計画より１戸増）の畑作受任者と互助金が決定した（地区により差があったが、33万円が多かった）。「もし途中で議会案が不都合になった場合はどうするのか」と懸念を抱く人はほとんどおらず、この時点までは確かに妙案であった。

案は容れられず

しかし、田植えが終盤となった５月20日からの県の調査で、この作付け方法は見抜かれ、22

日に県から村に是正指示が出された。23日の各紙は「大潟村で過剰作付け」と大々的に報じ、世間に晒(さら)されることになった。名案が一転して〝迷案〟に変わったのである。

その後、村と議会は「昨年並みの10haゼブラ方式で問題の解決を」と県に対して交渉を続けたが、県（知事）はあくまで完全是正を強調し、話し合いは進展しなかった。このため、6月9日、議会は全員協議会で県の方針を受け入れることにし、同23日には「29日まで落水を開始して、7月15日までに是正する」と県に約束。しかし、農家の反発などがあり、7月10日には「議会として是正に踏み切らざるを得ないが、農家に対しては議会の決定に従うよう呼びかけはせず、対応は個々の判断に任せる」という結論に達した。

7月18日の新聞各紙は、「県が7月1日に実施した航空測量のまとめによると、過剰作付け者は554戸、面積で1971ha（1戸平均3・56ha）」と報じた。これは昭和50年の264haの青刈り面積を大幅に上回るものだった。

買戻し方針浮上

7月19日には東北農政局が、7月30日までに是正しないと農地の買戻しを行うとして「是正勧告」を個別に送付した。しかし、8月1日時点での完全是正者は5戸だけであった。50年の青刈りは黄刈りと称して、遅く是正した人が収穫に結び付けたケースもあったので、「是正するときはみんなと一緒に……」と、様子を見ていたためであった。
こんな中、7月30日に村長・村議選が告示されたため、是正指導が一時休止となり、現地確認が再開されたのは8月9日からになった。1戸平均3・56ha（標準圃場で3枚程度）と面積が多かったことや様子をうかがっていることもあり、一挙に是正（青刈り）する人は少なく、わずかずつ進められ、本格的に青刈りが進行したのはお盆過ぎからであった。そして、20日の調査で533戸が是正を完了。この時点で国は確認作業を打ち切り、未是正者21戸の農地買戻し方針を打ち出した。しかしその後、県の仲介で23日まで延期され、24日には県が全戸の完全是正を確認、県高畑農政部長が農水省大場構造改善局長に報告し、2000haに及ぶ青刈りにピリオドが打たれた。

新聞報道とのかい離

青刈りの混乱はひとまず沈静したが、今度は転作受任者（畑作者）と委託者（稲作者）との間で、互助金の支払額についての問題が生じた。両者の意見が合わず事態は硬化したが、両者の代表同士の話し合いで、どうにか年内に合意することができた。金額は地区によって異なったが、大半が当初の半分ほどで落ち着いた。そして、凍結されていた26戸の転作奨励金（約1億4000万円）は、12月上旬に一括して支払われた。

この過剰作付けについては「無責任」「暴走」などと議会を批判した新聞記事が少なくなかった。確かに12haを超える過剰作付けを扇動したのであるから、外部から見ればそう映ったかもしれない。しかし、議会としてはそれなりに考えた末の策であった。そこに至るまでは、過去3年間の作付けを振り返らなければならない。50年度は黄刈り是正、51年度のゼブラ方式は不作付け本数や幅の不適正、52年度は村の確認作業であった関係上、前年以上に弾力的な調査が続いていて、これらに対する農家の不満がわだかまっていたのである。

議会内では10haゼブラ方式で進めるべきとの声が強かったようだが、農家の不満を解消するには10枚作付けしかないとの結論に達したのであった。それでも作付けオーバー者が出るだろうが、それほど多い数ではないだろうとの判断が働いたことは事実である。

このような内部事情があったことを見逃してはならないだろう。

営農対策協議会の設置

この過剰作付けが発端となり、田畑複合経営の確立と営農の安定を協議するため「大潟村営農対策協議会」（会長＝小畑知事）が7月6日に設置された。構成メンバーは、村から村長、各団体の代表など13名、県から5名、それに学識経験者として県立農業短大、県農試、県農協中央会から4名のほか、農政評論家・団野信夫氏など特別委員3名など。初会合は折からの過剰作付け問題に話題が集中、実質的な協議は11月13日の2回目の会合からであった。

2回目の協議では、標準圃場12枚のうち、7枚に稲、5枚に秋播き小麦、大豆を作付けし、12年ローテーションで圃場を循環させる営農パターンのほか、暗渠（あんきょ）の新設や排水路の改修などが話し合われた。安定した畑作を行うには排水を良くし、基盤を整備することが欠かせないため、補助率の高い国の制度を活用して事業を実施することとし、54年度に46億円を国に要求することにした。

償還金の未納問題発生（昭和54年）

昭和53年の大幅青刈りは農家にとって大きな打撃であり、3月納付期限の53年度の償還金の未払い者が72人も出て、経営の悪化を招いた。その後、大潟土地改良区の完納運動の努力により、4月末日に40名、県の出納期限の5月末日にはゼロになった。

ゼロになったとは言っても、農協から借り入れして支払ったものであり、農家の懐（ふところ）具合が良くなったというものではなかった。

〈償還金の仕組み〉

償還金は、①国営事業負担金②事業団事業賦課金③農家住宅購入費④農業機械購入費（共有のトラクター、コンバインなど）⑤共同利用施設費（格納庫、浸種水槽）⑥農家住宅用地（宅地）⑦格納庫用地の7種類があり、償還期間は、農業機械が7年で、他は25年であった。①②は土地改良区に納付。③④⑤⑥⑦は農用地開発公団に支払った。

圃場代金は、償還金全体の9割近くを占めていたため、①②を通常・償還金と呼んだ。土地改良区への納付期限は年度末に近い3月27日で、徴収した償還金は県に支払われ、県が4月末日まで国に納付するシステムだった。

金額は工事費の関係で、入植年次により異なった。標準的な人の年間支払は1～3次が約3１7万円、４次が約３３４万円、５次が約４１９万円であった（元利均等払いなので、年額に25年を乗ずるとほぼ総支払額になる）。

第１工区は平成10年3月末日、第２工区は同14年3月末日に支払いが完了した。

畑作農家増大（昭和54年）

稲作の拡大が許されない現状では、畑作で収入を上げることが急務であった。昭和53年7月に発足した「大潟村営農対策協議会」は、幹事会7回、協議会3回を開いて、前述した排水条件を整備する事業のほか、畑作物に対する助成措置として、県が①小麦に1俵（60kg）当たり1500円の奨励金を交付する（総額およそ1億5800万円）。②浅層排水や土壌改良剤投与などの畑作生産性向上対策の補助金としておよそ2億円を予算措置する。などが具体化した。

また、村関係では10a当たり村が1万円、農協が5千円の転作補助金の上積みを行うことが煮詰まった。国からの転作奨励金は10a7万2000円であるので、県・村・農協の補助金を加えると10万円近くなり、これに販売代金を加えると稲作と同程度になるという試算であった。

今までになかった畑作への高額助成であり、村内では「助成は農家にとってありがたいことだが、騒動を抑えるための単なる対症療法なのでは……」と疑問視する声もあった。しかし、この対策により過剰作付け者は24戸と減少し、大半が畑作に取り組んだ。

小畑知事の〝置き土産〟(!?)

多額の県費の投入は、昭和54年4月29日限りで勇退することになった小畑知事の配慮によるものだった。小畑氏は6期24年間の知事在任中で「八郎潟干拓が一番の思い出」と記者会見で語るほど、大潟村への思い入れが個人的に強かった。畑作助成は知事の〝置き土産〟とも言えるものであった。この対策は57年度まで続けられ、11億7000万円の県費がつぎ込まれた。

一方、24戸の過剰作付け者は、国の指導に従い最終的には8・6haまで是正したが、転作（水田利用再編第1期対策、1戸当たり0・37ha）には非協力者であった。この面積は超過転作者（割り当て面積を超えて転作した農家）で穴埋めされ、村全体では100％達成された。

県営排対をめぐる対立（昭和55年）

異議申し立て増える

昭和53年に設置された「大潟村営農対策協議会」で取り上げた「暗渠」「客土」（砂地圃場への重粘土壌客土）「排水基盤整備」などは、次第に具体化され、暗渠と客土の方は「県営土地改良総合整備事業」（略称・土地総）として54年度から、排水基盤整備の方は「県営排水対策特別事業」（略称・排対）として55年度から進められることになり、村内各層から選出された委員によって策定された「第1次大潟村発展基本構想」の中にも掲げられた。

土地総の方は、縦覧公告後、「転換率」について2名から異議申し立てがあったが、その後、了解が得られ55年1月に着工した。しかし、排対の方はすんなりとはいかなかった。土地総が希望者による事業であるのに対して、排対は地域全体の事業として行われるため、希望するしないにかかわらず負担や制約が全組合員（周辺町村の増反者を合せて2663人）に及ぶものであったからである。異議申し立ての人数が膨らみ、賛成派、反対派に分かれた騒動は周辺農家にまで発展し、56年6月11日には、ついに裁判で争われることになった。

排対問題の輪郭

この事業は、大潟村内の湛水常襲地域591haを含む538haの排水不良地を整備し、3日間で151㎜の雨量（10年に一度）があっても2日間で田面下40㎝までの排水能力を持たせようというもので、①湛水被害が出やすいB、C地区に排水機場（ポンプ場）を新設。②支線排水路9・5㎞の整備、拡幅。③道路横断管21カ所の整備。この3点が工事の柱であった。総事業費は22億7100万円（国50％、県30％の補助、受益者負担20％）で、55年度から4カ年計画で行うものだった。

月日を追いながら、この動きをたどってみる。

事業案がまとまり、村内の説明会が8月26～28日の3日間行われた。説明会では、転換率20％に対する扱いを不安視する声や受益地域が45％であるのに全体を受益地域として取り扱うのは疑問だなどの意見が出された。

転換率は土地総でも出された懸案事項で、土地改良区では「国および県と話を詰めた結果、大潟村ではすでに20％以上畑利用がされており、この事業による新たな転換面積の必要はないとのことです」と説明を繰り返したが、納得が得られず、「田畑半々が固定される」「50年の青刈りの二の舞にしてはならない」と反対の態度を強めた。

反対意見が収まらないなか、9月1日には事業の公示がされ、9月9日からは申請人64名（代表・宮崎定芳氏）による同意者の取りまとめ作業へと進んでいった。時を同じくして、反対派は「大潟村の将来を考える会」（会長・松本茂氏。以下、考える会）を組織し、チラシを配布して反対運動を起こした。9月22日には「ほとんど効果のない事業を行うことにより、村全体が十分に畑作が出来る田畑輪換耕地に位置付けられ、20％以上の転作を強制される」として、県に事業の中止を訴えた。

事業の中止を申請

このような喧騒の中、2663名の組合員のうち2464名（92・5％、大潟村は76・8％）の同意を得て、10月20日に県に事業申請を行った。そして、12月1日に「事業の適否を検討したところ適当である」と知事の認可が下りた。普通であれば1週間後には縦覧公告が行われるところ、県は「考える会」の運動を考慮して、12月7日と17日に理解を深めるための説明会を開いたが、折り合いが付かず、「考える会」は村内239名の署名を添付して事業の中止申し入れ書を提出した。

このような中、12月25日から56年1月24日までの縦覧公告が行われた。

排対事業提訴される（昭和56年）

昭和55年12月25日に開始された縦覧とともに、「考える会」は「税金のムダ使い」「増反者にはメリットがない」などと周辺町村に文書の配布や、戸別訪問によって異議申し立て者を募っていった。

それにつれて推進派は「大潟村の良識を守る会」（会長・木津谷稔氏。以下、守る会）を組織し、「反対派の根拠のない言動に惑わされないように……」とのチラシを作成し、異議申し立てを取り下げる署名集めを展開した。1月から2月にかけて激しい文書合戦が繰り広げられ、両派からの文書は30通にも及んだ。

そして、異議申し立ての最終日の2月9日、反対派は１０４３名の署名を添えて異議申し立てを行った。

これに対して、推進派も負けずと翌10日、異議申し立てを取り下げる６００名の署名簿を提出した。この中には増反者も多く、周辺町村で激しいハンコ（印鑑）の奪い合いが繰り広げられ、大潟村の対立が周辺農家の多くの人を巻き込んだのであった。

県が動いたが…

県は、村の対立が大きくなっていることを憂慮し、調整役を依頼して両派の話し合いを勧めたり、反対派の口頭陳述を行ったりしたが、結局理解が得られなかった。

5月6日、異議申し立ての棄却を決定、これにより56年度事業で実施されることになり、初年度予算として1億1000万円が計上された。しかし、事は簡単には収まらなかった。6月11日、「考える会」の87名が県を相手取って「異議申し立て棄却決定を取り消す訴訟」（通称・排対訴訟）を秋田地裁に提訴した。（後出「営農に関する訴訟の概要」参照）

買戻しが現実に（昭和57年）

抜かれた〝伝家の宝刀〟

昭和53年の青刈り騒動以来、大小を別にして毎年のように過剰作付けが繰り返された。その度に出たことは〝買い戻し処分〟であった。しかし、是正のタイムリミットが過ぎ、際どい場面に直面したことも幾度かあったものの、処分は実施されないできた。

56年営農で、男澤泰勝さんが過剰作付け米を収穫したことは、口コミで多くの村民が耳にしていた。国がどうケジメをつけるのか関心が高かった。「今までの経緯から考え、国が買戻しという〝伝家の宝刀〟を抜くことはないだろうが、まったくお構いなしともいかないだろう……」、これが大方の見方であった。しかし、何事もなく年を越したので、「やっぱり処分は無いんだな」と思われた。

ところが、正月気分もまださめない1月21日、「19日付けで、国が買収通知書を発送……」と新聞各紙が報じ、村内に大きな衝撃が走った。

不同意の回答

男澤氏への買収通知書は、農林水産大臣田澤吉郎名で、内容証明郵便によって送られた。その内容は「貴殿は、貴殿が農林大臣と締結した左記の不動産に係る昭和四十三年十月九日付け契約書第一項の（一）及び昭和四十九年十月二十四日付け契約書第一項の（一）に違反したと認められるので、当該契約に基づく売買予約完結権を行使し、左記の不動産を買収する。ついては、買収に伴い次のことを請求する。一、昭和五十七年一月二十九日までに左記の不動産を明け渡すこと。（以下、略）」というものだった。

これに対して男澤さんは直ちに農林水産大臣宛に、「回答書　昭和五十七年一月十九日北政第五四号の買収通知書を拝見しましたが、契約違反の事実はありませんので一切要求には応じられません。右、回答します。　昭和五十七年一月二十三日」と、内容証明郵便で回答した。（買

収通知書および回答書の文面は「農民の権利と男澤さんを守る会会報」から転載）

男澤さんが作付けした面積は9・16haであり、稲作上限面積8・6haを0・56ha上回るものだった。通知書で述べられているように、1月29日、東北農政局の三上農政部長ら4名が、男澤さん宅を訪れ、農地の明け渡しを求めた。当然のことながら男澤氏はこの請求を拒否した。当時の新聞記事には、男澤さん宅には日農県連組合員など支援者約20名が集結、「農民から農地を奪うとは何事か」などと問い詰め、これに対して三上部長は「今日は手続きに来たのであって、契約内容についての議論に来たのではない」と、約20分で引き上げたと記載されている。

裁判所の管理に

事が動いたのは5月に入ってからであった。5月1日、国は男澤さんに対し、①占有移転の禁止。②質権抵当権の設定禁止。③8・6haを超える稲作の作付け禁止。この3件について秋田地裁に仮処分を申請した。同地裁は、①②は認めたが、③については双方から事情を聞く「審尋」を行って、稲作面積を決定することにした。

このことにより、男澤さんの農地は裁判所の管理になった。しかし、仮処分で稲作面積が決まるまでは耕作が自由なため、男澤さんは5月中旬に10haの田植えを行った。一般農家は8・6haを超えると過剰作付けになったが、男澤さんには過剰作付けという言葉はなかった。加えて、償還金は国が支払うことになったので、償還金も納めなくてもよいという奇妙な現象が生じた。

第1回審尋は、6月4日に行われた。男澤さんは「契約した田畑複合は追加配分の5haにかかるものであり、12・5haまでは稲作ができる」と主張した。その後の審尋で、地裁は和解を提案、国側の「62年まで8・6haを守るならば和解（買戻しを撤回する方向）に応じてもよい」との主張に対し、男澤さんは「10haまでなら妥協してもよい」と主張し物別れに終わった。

このため国は、9月9日に農地の明け渡しを求める本訴訟を秋田地裁に提訴したのである。この訴訟は最高裁まで争われ、16年に及ぶ長い裁判となった。（後出「営農に関する訴訟の概要」参照）

農地買戻しと15ha認知運動（昭和58年）

再び農地の買戻し

長瀬毅さんの57年作付けは8・677haで、上限面積をわずか0・077haだけ上回るものだったが、1月18日付で買収通知書が郵送されてきた。同28日には東北農政局の阿部一郎管理官ら4名が買収手続きに訪れたが、長瀬さんはこれを拒否。その結果、3月2日に仮処分申請がなされ、4月12日には本訴訟と、前年の男澤さんのケースと同じ歩みをたどった。（後出「営

農に関する訴訟の概要」参照）

1次配分地、買い戻し特約が期限切れ

農地の売買を禁じ、稲の作付けを制限する根拠となっていた「農地買い戻し特約」が昭和58年3月31日で期限切れとなった。この対象となったのは1～4次入植者の1次配分地（10ha）と周辺町村の増反地で、4月1日から約8900haの農地のほぼ半分が売買自由になった。

農地の移動が避けられなくなったため、農水省は、現行通り稲作上限面積8・6haを継続し、移動があった場合は対象農地の稲作面積の上限を15ha分の8・6haの比率（約57・3％）とするという新方針を打ち出した。これは売買した農地にも稲作面積の枠（わく）が付いて回るというものであった。入植者には「お知らせ」という名で文書が配布された。

200名による農事調停申し立て

7月4日、入植者200名（大潟村農事調停世話人会・松本茂代表）が、配分農地15haのすべてに稲作ができる権利を認めてほしいと秋田地裁に農事調停を申し立てた。59年7月9日には92名が追加申し立てを行い、総数は入植者の約半数に達した。

入植者2名の裁判、年々悪化する農家経済、3月末日まで約半分の農地の買戻し特約が切れ

たにもかかわらず、稲作上限面積8・6haを継続する農政、このような閉塞感を打破しようとして入植者の多数が行動を起こしたとみることができよう。

具体的には、「15haすべてに稲作を行うというものではなく、15haを一般農家と同様に水田として認め、そのうえで減反をいくらにするかを検討すべだ」という内容だった。

自民党大潟支部の内容

15ha水田認知は、入植者すべての願いであり、調停に参加しない半数の人たちが腕をこまねいていたわけではなかった。調停より6カ月早い58年1月には、大潟村自民党支部（古戸信雄支部長）が〝15ha水田認知運動〟を起こした。県連の支援を得ながら、党本部に「新たな発展を期す大潟村営農懇話会」を設置し、農水省に大潟村営農の改善を求めた。

自民党支部と農事調停会の運動は、目的はほぼ同じであったが、進め方に違いがあった。自民党支部は8・6haの作付け指導に従いながら、〝行政ルート〟で解決していこうとしたのに対し、農事調停会は行政ルートに頼っていては実現がいつになるか分からないので、もっと積極的な手段でと、過剰作付け者も会員に加えながら解決の方法をとったのである。

15ha水田認知は姿の見えない遠くの存在であったが、進め方に違いがあっても、それぞれが目標に向かって行動を起こしたのであった。

過剰作付け者の増加—16名が未是正のまま越年—

この年は、昨年の9名を大幅に上回る28名の過剰作付け者が出た。1次配分農地の買い戻し特約が期限切れになったことや入植者2名の裁判などが微妙に影響したものであった。このうち8名が是正に応じた。その後、稲を収穫しないで圃場にそのまま放置した3名と収穫後にモミを処分した1名も是正とみなされ、最終的には16名（24・7ha）が未是正のまま越年した。

15ha水田認知への村の取り組み（昭和59年）

動き出した全面認知へ

村は2月、58年の自民党支部や農事調停会が起こした15ha認知の行動（運動）は、すべての入植者の願いであると受け止め、村内のバラバラな意見や行動を一本化して要望しようとして協議会を立ち上げた。村議会、村内農業団体、入植者代表などで構成された委員により検討した結果、⑴作付け制限がなくなる62年4月以降は配分農地すべてを水田として認めてほしい。⑵これを含めた大潟村の営農問題を検討するために、村、県、国で構成する委員会を設置してほしい。この2点を集約し、要望書を作成して国と県に陳情を行った。

その結果、後者については7月に、知事の諮問機関として「大潟村営農対策懇談会」（座長

＝伊藤銀一郎農政部長。略称・営農懇）が設置され、12月まで4回開催された。4回目の会合（12月7日）では、「⑴営農問題を巡って村が混乱しているのは将来展望（62年4月以降）が見いだせないところにあり、早急に明るい展望を明示してもらいたい。⑵それに至るまでの当面の措置として、水田10 haを認めてほしい」と宮田村長が要望した。会議では、「村の要求は既存農家にも理解できるもの」として、前向きに検討されることになった。

農地売買に初の許可

1月末、入植者2名から村農業委員会に「所有権移転許可申請書」が出された。54年の暮れ頃から、農地の売買が内輪で行われているとの噂があったが、それまで潜行していたものが表面化したのであった。1月31日の委員会は、村が誕生して初めてのことであり、慎重に取り扱いたいと継続審査とし、2月3日に委員会を開き、許可を決定した。

1次配分農地の売買が自由になったのは、58年4月からであったが、58年中の譲渡は短期譲渡所得課税となり税率が高かったため、長期譲渡所得扱いとなる59年に申請されたのであった。

過剰作付けが88名に増大―73戸が未是正のまま越年―

農水省は、昨年の未是正者16戸の農地買収を1月中旬に行うと発表していたが、営農が始まる時期になっても音無しだった。村内には、「農地買収が遅れているのは、買い戻しができない証拠」という空気が流れ、過剰作付け者は88戸に増大した。このうち9、10月の是正指導で2戸は応じたが、86戸は応じなかった。

その後、国は過剰面積に見合う米を加工原材料米（60kg５８８０円）としてカントリー公社に売り渡すと是正とみなすとする案（農事調停案に基づくもの）を打ち出して個々に通知したところ、7戸だけが応じた。このため11月29日~12月1日の3日間、再度指導を行った結果、新たに6戸が受け入れたが、残る73戸（５４７ha）は未是正のまま越年した。

未是正の73戸と是正した15戸は、転作には非協力であった。当時は転作を消化することが行政の重要課題だった。なぜなら転作未達成になると、村自体が限度数量の削減、次年度へ転作の加算などのペナルティーが課せられることになるからであった。転作は自分の分を消化するのが精いっぱいで、他人の転作面積を進んで肩代わりする人は少なく、昨年までは、村長、農協組合長、土地改良区理事長など関係機関の代表たちが、これを引き受けてきた。しかし、88戸もの大面積になると、とても消化できるものではなく、関係機関の役員たちを中心に48名が引き受けることになった。

これに伴って、超過転作者には、村から10ａ当たり3万８０００円の転作補助金が予算措置された。総額６０００万円にも及び、村では大きな財政負担となった。（転作の肩代わりは61年度か

ら取りやめた)

農事調停、不調に終わる

58年6月に申し立てた農事調停は、10月8日(10回目)に秋田地裁から調停案が示された。調停案の骨子は、次の内容であった。

(1) 60年3月までは、国の指導に従って営農を行う。

(2) 58、59年産の過剰作付け分は、加工原材料米として売り渡す。

(3) この措置に従った者については、農地の買い戻しなどのペナルティーを科さない。

そして、11月5日、この調停案を受け入れるかどうかについて11回目の話し合いが行われた。国側は合意する姿勢を見せたが、入植者側は受け入れることができないとして、15haすべての耕作権を認めたうえで、国の指導に従うなどの4項目の修正案を出した。しかし、裁判所は「国、入植者の主張に歩み寄りがなく、これ以上続けても合意は無理」として、調停の続行を打ち切った。1年半にわたる話し合いは実らなかった。

知事の斡旋─水田取り扱い面積が10haに拡大（昭和60年）

佐々木知事は、昨年12月7日の営農懇（大潟村営農懇談会）で出された「水田10ha案」について、「これで村の混乱が収まるのであれば、国に働きかける」と決断。1月19日に来村し、村民体育館に集まった約430名の村民を前に、次のように呼びかけた。

「①58、59年度過剰作付けについては、昨年10月に秋田地裁が示した加工原材料米として処理するという調停案に従い是正する。②60年度に新しいルールができた場合、これを守り、再び過剰作付け問題を起こさない。この2点を受け入れれば、稲作の上限を10haにまで拡大するよう、責任を持って国に働きかける」

今まで転作を順守した人の多くは「15haに向けて一歩前進」と10ha案を歓迎したが、「10ha案は62年以降の稲作について新たな足かせになる」「是正が前提の稲作拡大は認められない」などと反対する人も少なくなかった。

受け入れやむなし

村は2月6日に議会全員協議会を開き、知事提案の受け入れについて協議した。数人の議員から反対意見が出され、議論が延々7時間に及んだ。最後は石井議長が「米をめぐる諸情勢、社会的背景を考えれば、当面は知事提案を受けざるを得ない」と事態を収拾して閉会した。

議会の決定を受け、２月８日、村は73戸の未是正者と、加工原材料米での是正について話し合いを持った。36名が出席したが、「営農は国と入植者の問題。我々は国と交渉して稲作拡大を実現したい」と主張し村の介入を拒否した。結局、20日過ぎになっても是正に応ずる人は１名もなく、知事提案が危うくなる事態にもなった。

互助方式の浮上

ここで浮上したのが、「互助方式（全体処理案）」であった。それは、カントリーエレベーター公社に搬入されている60年産米から、58、59年の過剰作付けに相当する１４４０ｔ（約２万４０００俵）の米を、加工原材料米として売り渡して是正を行い、差額の金額は村全体で負担する方法。これは、村長をはじめとする関係団体長会議で考え出されたものであった。

村議や関係団体の役員で構成する「大潟村農政対策推進会議」（座長・椎川丈一農協組合長）で、具体策を検討した結果、入植者１戸から農政対策支援金として５万円の募金を行い、不足分は村費で賄うとの結論に達した。募金は、非入植者８名を含む４０９名から１９４６万円が集まった。これを受けて村は、３月定例議会で２億７２２６万円の60年度補正予算案を緊急に追加提案し、最終日の３月18日に可決した。この財源は、財政調整積立金の取り崩しに頼ったものであった。

県も国もこの互助方式を評価し、農水省は3月30日、10haを認める通達書を佐々木知事に提出した。難航の末の実現だったが、9年間続いた8・6haの数字が動いた意義は大きかった。この結果、転作率は14％となり、水稲8・6ha、奨励金付き畑作（転作）1・4ha、奨励金なしの畑作5haとなった。

しかし、互助方式に反対する農事調停特別部会（高野健吉部会長）は、「互助方式は違法」として、3月20日、知事に公開質問状を提出した。

このような動きがあったが、村は12月25日、カントリーエレベーター公社に1440tの差額分（政府米3類3等＝1万7185円、加工原材料米＝5880円）を補助金として2億6000万円を支払ったのである（残りは翌61年3月31日で支払完了）。

過剰作付け者が倍増（昭和60年）

水田取り扱い面積が10haに拡大したにもかかわらず、10ha以上の作付けが168戸に増加した。新聞報道によると、15ha全面作付けが77戸、圃場2枚以上が19戸、1～2枚が58戸、1枚未満が14戸で、超過面積は527haという内容であった。

知事提案でせっかく実現した10ha稲作が守られなかったのは残念とし、県と村は9月5日から3日間、是正指導を行った。しかし、大半が10ha営農に反対している農事調停会の会員であることや買い戻しの根拠である8・6haが崩れて、買い戻し処分が事実上なくなったことから決め手がなく、ほとんど成果が上がらなかった。是正指導はこの年を最後に、61年度以降は実施されなかった。

また、転作の方も、昨年まで非協力者の分を順守農家が肩代わりしてどうにか目標を100%達成してきたが、この年は面積が多かったため消化しきれず、初めて未達成（達成率71%）となった。そして、長年転作目標が未達成の状態が続き、「過剰（自主作付け）派」対「順守（転作）派」の対立の構図が深まっていった。

不正規流通米の臨時検問所設置（昭和60年）

168戸の過剰作付け者の米が不正規流通米（ヤミ米）として大量に出回ることを未然に防ごうと、県は秋田食糧事務所、県警本部と協力し、不正規流通米取り締まり臨時検問所（通称・ヤミ米検問所）を設置した。

取り締まりの根拠となる法律は、食管法第31条（無指定及び無許可の罪）と同第32条（売り渡し義務違反の罪）によるものだった。村外に通じる道路の5カ所（後に2カ所追加）にプレハブを設置し、10月7日から24時間体制で検問がスタートした。

検問が開始されて80日目の12月25日、県は突如、ヤミ米検問を取りやめることを発表した。「それ相応の成果があったため」と理由を説明したが、真相は、目に見える効果が上がらなかったことや世論の批判が高まったことなどが原因したようであった。

ヤミ米検問所に関する公金支出、不当として裁判に

4月28日、入植者と家族260名（代表・高野健吉農事調停会特別部会長）が、昨年の互助方式による支出2億7226万1000円とヤミ米検問所への支出450万円は不当として、宮田村長個人に対し、2億7226万1000円を村に返還するよう求める訴えを秋田地裁に起こした。

互助方式の方は、地方財政法と地方自治法に違反しているとし、ヤミ米検問所の方は、村営住宅の提供、弁当、燃料などの配達、村職員の派遣などの支出であり、憲法と食管法に違反して行った知事の行為に加担した村長の責任は重いとする内容であった。

この提訴に先立ち、2月3日に住民監査請求が村に出されたが、「監査委員2名の意見が一致した点もあったが、最終的に合意が整わなかった」と4月3日に回答したため、秋田地裁に

訴えたのである。

また、10月14日に佐々木知事個人に対しても、ヤミ米検問所に係る３８１７万８００４円の損害賠償が提訴された。（後出「営農に関する訴訟の概要」参照）

１２５７haの転作面積、追加配分される

60年の転作目標が実施率71％と未達成になったことで、５月16日、県から60年産米の過剰作付け分として転作未消化による公平確保措置（ペナルティー）として、１２５７haの転作面積が村に追加配分された。これにより当初配分された８２５haと合せて２０８２haとなり、前年度の２・６倍に増大した。

この加算分は、原因者である過剰作付け者に上乗せして配分されたが、作付けするうえでは数字の増加は特に影響がなく、作付けオーバー者は昨年よりもさらに増えて１８３戸になった。

村が新営農方針案を示す

８月22日、村は「大潟村における62年度以降の営農方針案について」と題する文書を全戸配布した。内容は「15ha全部を水田扱いとし、５haの畑地は転作補助金の対象とする」というものであった。

この新しい営農方針案は、大潟村営農懇談会（営農懇）の中で、楢岡貞龍県議会議長が私案として提案したものだった（通称・楢岡私案）。これを受けて、村議会、農協など農業関係団体の役員で検討した結果、楢岡私案は大きな前進であるとして、全戸への文書配布となったのである。

とは言っても、5haの畑地への転作補助金は国が決めることであり、この文書は村として「この方向で臨みたい」という強い姿勢を示したものであった。

その後、さらに検討が加えられ、「水稲10ha、転作5ha」と内容を具体化して、9月8日と9日に農家への説明会を開催し、県、国に対して、買い戻し特約が切れる62年3月まで実現するよう要望していくことを確認したのである。

これまで水面下にあった15ha水田認知が、かすかに見え隠れし始めたのであった。

しかし、農事調停会の幹部は「畑地にも奨励金を出すことは、金で稲作を抑えるための行為。まず15haすべてを水田として認め、その上で応分の転作消化に応ずる」と主張し、楢岡私案には否定的だった。また、過剰作付け者の中には、「これまで、国や県と協力してヤミ米検問など強硬手段を取り続けてきた村当局と、今さら同じ立場はとれない」という声も強く、村と調停会や過剰作付け者側とのミゾは埋まることなく、一本化の道は遠い状態だった。

水田取り扱い面積を12・5haに――営農集団設立――（昭和62年）

順守派が陳情

村が昨年9月から起こしている15ha水田認知運動に対して、県は、「60年に知事が国と村の間に入って、稲作上限面積を8・6haから10haに拡大した際、再び過剰作付け問題を起こさないとする約束が守られていない。村の要望は十分理解できるが、村が一本化しない現状では、国へ正式に要請することができない」と消極的だった。

そこで、行政に従って営農を行っている農家（順守派）は、1月19日に「楢岡私案の早期実現を促進する会」（会長・石井俊光村議会議長）を結成して運動を展開した。1月にはバス2台を貸し切り、佐々木知事と楢岡私案の提案者である楢岡県議会議長に、「営農方針を守っている農家ほど行政不信に陥っている。この現状を何とか正常化してほしい」などと訴え、15ha水田認知の実現について要望した。また、2月にはバス2台を貸し切って上京し、県選出国会議員および農水省に陳情を行った。

営農集団の設立

しかし、15haの壁は厚く、県は4月2日、「水田面積を現行の10haから12・5haに拡大する」

とする新営農方針を村に提示したのであった。この営農方針の要旨は、「40戸以上の〝営農集団〟を設立し、田畑複合経営を推進する農家に対しては、水田取り扱い面積を12・5haまで認め、稲作7・9ha、転作4・6ha（転作率36・8％）とする」という内容だった。

要望した15haとは開きががあり、満足できるものではなかったが、順守農家には「米をめぐる厳しい情勢の中では一定の評価ができる」と理解を示す人が多く、営農集団には360戸が参加し、七つの集団が設立された。

一方、過剰作付け農家側は「村を分断させて混迷を深めるだけだ」との声が多く、過剰作付け者は昨年より37戸増えて220戸となった。このうち15ha全面作付け者は160戸を数えた。

米の自由販売が広がる（昭和63年）

「ヤミ米事件」が不起訴に

1月11日、秋田地裁は入植者3名のヤミ米事件を不起訴とした。これは、62年12月18日、入植者3名が米穀販売の許可なしに大量にヤミ米を販売したとして、食管法違反容疑に問われたものであり、米余り時代の食管法の存在意義を問うものとして、全国の注目を集めていた。不起訴処分になったことにより、全国に波紋を投げかけた。村内では一気に自由販売のムードが高まり、玄米、白米でアイディアを凝らした販売方法が次々に誕生した。

ヤミ米は自由米に名称変更

農事調停会が「大潟村稲作経営者会議」（高野健吉会長。会員１８０名）と改称し、「大稲米（だいとうまい）」のブランドで玄米の出荷を始めた。それまで自由米は目立たないようにと古袋の使用が多かったが、「大稲米」と印刷した新しい袋で販売したことは画期的なことだった。また、白米の方は、精米所を設置して宅配便で産地直送するグループや個人が増え、日本消費者連盟と提携するなど新しい方法で販売拡大していった。中でも大規模に行ったグループは「大潟村あきたこまち生産者協会」（昭和62年設立）、「大潟村同友会」（昭和63年設立）、「秋田農友会」（平成元年設立）などで、会社方式で営業を展開した。

このような動きが影響したようで、営農集団から離れて自主作付けに転ずる人が多くなり、営農集団員が３２３戸と減少して自主作付け者が２６０戸（オーバー面積が１０８１ha。15ha全面作付け者が２２０戸）に増加した。そして、この年を境に、過剰作付けは自主作付け、ヤミ米は自由米と呼ばれるようになっていった。

15ha全面水田取り扱いが認められる（平成元年）

年が明けて、15ha認知に向けた動きが活発になった。昨年9月の定例県議会で佐々木知事は、混迷を深める大潟村の営農を解決するため「大潟村営農懇談会」（営農懇）の開催を表明し、1月30日、県と県議会の各派代表による営農懇準備会が開かれた。

ここで、「15haすべてを水田として認め、圃場12枚のうち、9枚（11・25ha）を稲作、3枚（3・75ha）を転作とする」という案が示された。しかし、農水省が難色を呈し、営農懇は開催されなかった。

農水省が渋る理由は、▽全農家が順守するという保障がない。▽全国で減反を推進している状況下で、増反することは無理。▽15haを水田として認めても、稲作面積は現在の7・9haから増やすことはできない。ということが主なものだった。

かたくなな姿勢の農水省であったが、4月に入って態度を和らげ、同28日に条件付きで15haを水田として認める方針を打ち出した。その条件は、①営農集団員を63年の323戸から40戸以上増やす。②公平確保措置（ペナルティー）は必ず消化する。この2点であった。

これを受けて村は5月12日に臨時議会を開催して、①営農集団加入者に10a当たり2万5000円の転作奨励金を上乗せする。②営農集団加入者の多用途米（現在の加工米にあたる）に10ａ当たり、うるち米５万８０００円、もち米１万６０００円の助成を行う。この２点を盛り込んだ水田農業確立対策推進費補助金２億６４６９万２０００円の平成元年度一般会計補正予算案を提出し、集団参加者の増員を図ったのである。

反対の理由

しかし、自主作付け派の議員７名が欠席したため、出席した９名による異例の状況で議案を可決した。欠席した７名の議員は県庁で記者会見を行い、①15 haすべてを水田として取り扱うとしていながら、稲作面積は現行のままであり、営農集団に参加する農家を現在より40戸以上増やすとする条件付きは認められない。②営農集団に参加する数が増えるにつれて金額が膨大になり、村財政が破綻する。③村内には勤め人、自主作付け者もおり、公費支出に著しい偏りが生ずる。この３点を柱にして抗議の声明を行った。

村は集団員を増やすため必死に呼びかけを行い、40戸には届かなかったものの31戸の農家から協力が得られ、転作者は３５４戸に増加した。

農水省はこれを評価し、畑地扱いの2・5 haを転作補助金の対象にしたのである。これにより長年の願いであった15 ha水田取り扱いが達成されたが、稲作面積は相変わらず現状のままであり、完全解決まではいかなかった。

村はさらに県並み転作率の実現に向けて運動を強めていった。その結果、12月定例県議会では、栗林次美県議（後に大仙市長）が、「15 haすべてを水田として認め、このうち3・75 haを転作とする案を国に認めさせるべきではないか」と一般質問したのに対し佐々木知事は「放置すれば来年度から始まる水田農業確立後期対策の推進にも重大な支障を及ぼすので、15 haの水田認知と適正な転作率を適用するため最大限の努力を傾注している」と答弁し、もう一歩のところまで前進した。

15 ha水田認知と県並み転作率実現（平成2年）

年明けとともに、長年の課題である15 ha水田認知に決着をつけるための行動が活発化した。1月29日、村、村議会、村農協、村営農集団連絡協議会の4者の連名で、「全面水田認知と県並みの転作率」を求めた要望書を県と県農協中央会に提出した。この援護射撃として、営農集団連絡協議会（佐々木悦雄会長）が2月6日、「大潟村全面水田取り扱い・県並み転作実現対策本部」を設立して署名活動を行った。そして2月13日、「生産調整に協力している全国の農家の輪に加わるので、15 ha水田認知と県平均並みの転作率を実現してほしい」と、335名の連名で県中央会に要望したのである。

この行動に対して自主作付け派は、①理事会に諮らないで要望書に農協の名前を入れたことは容認できない。②生産調整に協力するとして行った署名活動は、入植者を色分けして分断、対立を深めるもので許されない。などと反発を強めて小競り合いになったが、県農協中央会は2月27日に15ha水田認知の支援を決め、続いて2月28日には全国農協中央会（全中）も支援を決定し、農水省に要望書を提出した。

そして3月14日、農水省は県が示した営農方針を承認し、同15日付で、「配分農地すべてを水田として認める」と通達したのである。注目の転作率は、27・4％で、能代市と同程度であり、ほぼ満足のできるものだった。長年の願いが実現したことは、大潟村にとって歴史的1ページであった。

検証は後世の人たちの手で

待望の15ha水田認知の実現であったが、その後も転作協力農家と非協力農家がほぼ半々の状態で推移し、両派の対立の図式が長らく続いた（資料編・農業関係統計参照）。

転作順守派と自主作付け派とには、基本的な考え方の相違——価値観の違いがあったのである。

この検証は後世の人たちの手によって行われることであろう。

営農に関する訴訟の概要

No. 3

（通称・青刈り訴訟）

債務不存在確認請求訴訟

1　**昭和51年5月10日　秋田地裁に提訴**

2　**原告＝小澤健二外1名（代理人・金野繁弁護士外1名）、被告＝国**

3　**訴訟に至る背景**

5 haの追加配分後も、10 haの稲作が出来ると信じていたのに、昭和50年は青刈りによって8・99 haまで下げられ、51年は8・6 haに稲作面積が抑えられたことは我慢できないとして、大潟村農民組合は10 ha稲作拡大運動を起こした。組合員94名を代表して、小澤健二組合長と佐々木勲一書記長の2名が訴訟に踏み切ったのである。

4　**訴えの要旨**

㈠　八郎潟新農村建設事業団法（以下、事業団法）で定めた基本計画に営農を行うという条項は、訓示規定であり強制力はない。

㈡　仮に効力があったとしても、法の不遡及（ふそきゅう）の原則により、基本計画が改定される前に取得した1次配分の10 haには、田畑半々の債務（義務）は適用されない。

㈢　さらに、仮に15ha全体に義務が適用されるとしても、追加配分の際に、田畑複合経営の移行は経営が安定してからという解釈を国が示したのだから、作付け制限を受けることはない。

この確認を求める。

という内容であった。その後、昭和52年6月に事業団法が廃止されたことにより、消滅した法律に従う義務がないとして、このことも加えられて争われた。

5　経　過

第1回目の口頭弁論が51年7月19日に開かれ、58年7月22日まで24回行われた。その後、原告は、国が入植者2名に対して起こした農地明け渡し訴訟の内容が、青刈り訴訟とほぼ同じであることや、1次配分地の10haが3月に買い戻し権が切れたことにより、訴訟の利益が減少したとして、訴えを取り下げる意向を固めて国側に打診した。そして、同年11月19日、農民組合は中央公民館で集会を開き、訴訟の取り下げについて協議。国から農地を奪われるという切実な問題を抱えた入植者2名の裁判に総力を結集させるべきとの結論に達し、訴訟の取り下げを決めた。

これに対して国側も、訴訟取り下げに応ずる同意書を秋田地裁に提出。昭和59年1月20日、正式に取り下げが決まった。

6　結　果

59年1月20日、取り下げが決まったことにより、8年近い裁判に終止符が打たれた。この訴訟いでの基本的な問題は、農地明け渡し訴訟で争われた。

〔解説・基本計画〕

水稲の作付け制限の根拠となっている法律は、事業団法第20条の第1項の基本計画であった。昭和40年9月の発令時は、「中央干拓地における営農形態は、当面は水稲単作とし、機械化直播方式を主体とするが、田植機等の開発に応じ、機械化移植方式についても考慮する」となっていたが、同48年9月の変更では、「中央干拓地における入植者の営農については、大型機械の共同利用等による田畑複合経営とする。なお、稲と畑作物の作付けは、当分の間おおむね同程度とする」となった。

異議申し立て棄却決定を取り消す訴訟

（通称・排対訴訟）

1　昭和56年6月11日　秋田地裁に提訴

2　原告＝松本茂外86名（代理人・金野繁弁護士外2名）、被告＝秋田県知事・佐々木喜久治

3　訴訟に至る背景

昭和55年9月1日に公示された県営排水対策特別事業（略称・排対事業）に対し、反対の立場をとる「大潟村の将来を考える会」（松本茂会長。以下、考える会）は、事業の中止を訴えたが、12月1日に知事の認可が下り、12月25日には縦覧公告へと進んだため、翌56年2月9日に行政不服審査法による異議申し立てを行った。

異議申し立ての内容は膨大なものであり、要点を整理して述べると次のようである。

㈠　土地改良法施行令第2条1号では、事業の施行に係わる土壌、水利、その他の自然的及び経済的環境上、農業の生産性の向上、農業総生産の選択的拡大及び農業構造の改善に役立つため必要とすることと定めている。しかし、当事業によって地下水位を40㎝低下させたからといって、計画書に記載されているような効果が表れるとは言えない。したがって、安定的な畑作が実施できるとは言えず、生産性の向上には結びつかない。

㈡　同法施行令第2条2号では、事業が技術的に可能であることと定めている。しかし、当計画書は、①降雨時の湛水地域状況の現地調査が過去に行われたことがなく、計算はシミュレーションによるもので事実ではない、②基準雨量が実際より低く定められているため、10年に1度の降雨が実際に生じた場合は、本事業の目的が達成できないのみか、かえって湛水または洪水などの2次災害が発生するなど非科学的で根拠がない。

㈢　同法施行令第2条3号では、事業のすべての効用がそのすべての費用をつぐなうことと定めている。しかし、当計画書は、①米、小麦、大豆などでの増収効果の算定に科学的な根拠がないうえ、実態とも合わない、②労力の軽減効果は、水位低下とは直接結びつかないなど効果額の算出基礎には信頼性や科学性がなく費用はつぐなえない。

㈣　同法第36条2項では、賦課に当たっては、地積、用水量、その他の客観的な指導により当該土地が受ける利益を勘案しなければならないと規定している。しかし、当計画書は、対象面積1万2８９haのうち、効果が表れるのは５１１８haとなっているので、５１７１haの農地は受益地ではなく、これに費用を賦課するのは違法である。

㈤　同法第85条2項では、申請にあらかじめ省令の定めるところにより事業計画の概要及び基本的事項を公告して、（略）…資格を有する者の三分の二以上の同意を得なければならないと規定している。しかし、当事業申請人らは、事業に同意しなければ堤防沿いの農道（小段道路）の舗装ができないと言ったり、県の説明資料を書き換えたりして同意集めをしており、同意書は無効である。

㈥　同法第86条では、申請があった場合には、知事はその事業の適否を決定し、その旨を当該申請人に通知しなければならないと定めている。しかし、この公告、同意、適否の決定は適正を欠き違法である。

㈦　同法第86条2項では、当事業により生ずる施設に係わる予定管理方法として現に存在する土地改良区、または農林大臣が指定する管理者が定められている場合、その者と協議しなければならないとしている。しかし、大潟土地改良区は理事会の承認を受けておらず、管理者が誰か特定できないまま知事が事業の認可を決定したのは違法である。

この異議申し立てが5月6日棄却されたため、決定を不服として、考える会の有志87名（入植者）が訴訟に踏み切ったのであった。

4　訴えの要旨

排対事業の計画書に対して昭和56年2月9日、土地改良法に基づき異議申し立てをしたところ、同年5月6日付で棄却決定となったが、棄却理由には根拠がなく、決定の取り消しを求める、というものであった。

5　経　過

56年12月21日、第1回目の公判が行われ、その後数回の口頭弁論が行われた（詳細な記録は現在、秋田地裁に残っていない）。

訴訟は、工事差し止めを求めたものでなかったので、この間に、排対事業が順調に進められ、主要工事がほぼ完工した（平成2年3月31日完了。総事業費22億7100万円）。結局、争う意味がなくなったとの見地から、原告は被告の合意を得て、61年11月7日訴訟を取り下げた。

6　結　果

考える会は解散し、幹部のほとんどが農事調停会の主力メンバーになっていたので、調停会内で協議し、61年12月23日に担当弁護士を招いて、大潟観光パレスで報告会を開き、訴訟に区切りをつけた。

農地明け渡し訴訟

1　昭和57年9月9日、同58年4月12日　秋田地裁に提訴

2　原告＝国、被告＝男澤泰勝、長瀬毅（代理人・金野繁弁護士外1名）

3　訴訟に至る背景

昭和56年産米と同57年産米で稲作上限面積を超えて作付けした入植者2名に対して、農林大臣が農地買収を行使したが、農地の明け渡しに応じなかったため、国が提訴したのであった。

4　訴えの要旨

契約違反によって国が買収した農地のすべてを明け渡すよう、2名の入植者（被告）に対して求めたものであった。

なお、2名のうち1名は、同じ営農グループの1名と圃場を交換使用（未登記交換）していたため、この入植者（交換相手）も訴訟の巻き添えとなったが、このことについては省略する。

5 経過

2名の訴訟は別個の訴人であったが、争点がまったく同じであったため、同時に進められた。

（第一審）

第一審判決が、平成4年3月27日秋田地裁であり、「買戻しは権利の乱用に当たり無効」として、原告の請求を棄却した。

判決理由の主な点は、次のようなものであった。

㈠ 八郎潟新農村建設事業団法で定める基本計画は、国が多額の費用を投じて事業を実施していることから、入植者は基本計画に従って営農を行う義務を負っていた。

㈡ したがって、稲作上限面積を8・6 haと明示した昭和51年の農林省構造改善局長通達も有効で、入植者は8・6 haを超えて作付けしてはならない義務があった。

㈢ しかし、買戻しは、違反が悪質、重大であることなど、やむを得ない事情がある場合にだけゆるされるもので、この件での買戻しはかなり無理があり、入植者の生活基盤の農地を奪うもので、買い戻し権の行使は職権の乱用に当たる。

（控訴審）

控訴審判決が、同7年7月12日仙台高裁秋田支部であり、「義務違反は重大で悪質、買い戻し権の行使は権利の乱用とは言えない」として一審判決を取り消し、買い戻しを適法とした。

判決理由の主な点は、次の通りであった。

㈠　入植者は、農地を定額取得し、住宅や農業機械などでも著しい優遇を受けており、特別な義務を負う。

㈡　過剰作付けは契約義務違反であり、放置は減反協力農家に農政不信を抱かせる。

㈢　入植者側は違約すれば買い戻しがあることを知っていながら、再三の是正指導にしたがわなかった。

（上告審）

上告審判決が、同10年11月10日最高裁第三小法廷であり、「第二審の判断は是認できる」として入植者の敗訴が確定した。

そして、提訴から明け渡しまで1日当たり約1万4０００円の使用料の支払いも確定した。この金額の総計は、1名当たり1億1０００～1億2０００万円であった。

6　結果

入植者2名の敗訴が決定したが、耕作権があるとして平成11年4月下旬から耕起作業を開始した。国側は作業を中止するよう再三説得したが、1名は田植を強行し15haすべてに作付けをしたため、不動産侵奪容疑で五城目署に告訴。国は8月6日～8日にかけてトラクター3台で稲の青刈りを実施した。

その後、2名の農地は村農業委員会の審査を経て、10～11月に7名の村内農家に売却された。

提訴から丸17年の年月を経てようやく決着をみた。

損害賠償訴訟（通称・村費返還訴訟）

1　昭和61年4月28日　秋田地裁に提訴

2　原告＝高野健吉外259名（代理人・岡村勲弁護士外1名）、被告＝大潟村長・宮田正馗

3　訴訟に至る背景

昭和60年1月、佐々木知事は稲作面積を10haまで拡大する条件の一つとして、58、59年産米の過剰作付け分の米に相当する約1440haの米を60年産米で加工原材料米（5880円）

として処理することを提示。しかし、過剰作付け者が応じなかったため、村全体で処理する「互助方式」が考え出され、村費2億7226万1000円を米の集荷業者であるカントリーエレベーター公社に補助金として支出して是正を行った。この互助方式に反対する農事調停会は、10月に県が実施した「不正規流通米取り締まり臨時検問所」（以下、検問所）への450万円の村費支出も違法として、この二つを合わせ、入植者とその家族259名が、宮田正馗個人を相手に提訴したのであった。

4　訴えの要旨

宮田村長が行った「互助方式による是正」と「検問所」への村費支出は、違憲、違法であり、この損害額2億7676万1000円を大潟村に支払う（返還する）よう求める、とするものだった。

訴状は、互助方式部分と検問所部分が複雑に入り混じっているので、簡潔に要点を整理すると、次の4点になる。

㈠　互助方式関係について＝2億7226万1000円の村費の支出

①　財政調整積立金の取り崩しは、著しい経済変動、災害、大規模な土木建設など、重大かつ緊急な場合にだけ許されるものであって、互助方式はこのいずれにも該当せず、地方財政法に違反する。

② 互助方式は、入植者の分断、対立を深め、村民間に軋轢（あつれき）を生じるもので、村民全体の福祉を図るものとはいえず、公益上必要があるときでなければ補助金を交付してはならないと定めている地方自治法に違反する。

㈡ 検問所関係について＝450万円の村費の支出

① 知事が行った検問所は臨検であり、食管法に違反する。また、24時間態勢の包囲は憲法が定める令状主義や人格権保障などに違反する。

② これに加担し、村職員の時間外手当、車両借上料、食費、燃料費などの経費に村費を支出したことは重大な過失である。

5 経過

昭和61年10月14日には、佐々木知事にも検問所関連の支出3817万8004円の損害賠償が提訴された。

宮田村長訴訟と佐々木知事訴訟は別々のものであったが、内容が同一で関連しており、原告・被告が合意し、63年12月6日から併合して審理された。

（第一審）

第一審判決が、平成3年3月22日に秋田地裁であり、「いずれの支出も違憲・違法とはいえない」として原告の主張を棄却した。

判決理由の主な点は、次の通りであった。

㈠　互助方式の財源については、緊急に対応が迫られており、村議会の議決も経ているので違法ではない。

㈡　検問は臨検ではなく行政指導に当たる。県の主要生産物である米の流通確保は、県固有の事務である。

㈢　検問に重大、明白な過ちは無い。検問で被害を受けた人がいるならば、その人個人が損害賠償を請求すべき問題である。

（控訴審）

控訴審判決（控訴人は２００名）が、同4年2月26日に仙台高裁秋田支部であり、「県・村の方策は違法とはいえない」として控訴を棄却した。

判決理由の主な点は、次の通りであった。

㈠　互助方式は、村議会の承認を得ており、一審判決は妥当。

㈡　互助方式は、全面水田認知への第一段階で、減反政策の緩和を目指したもの、という村の主張は正当。

㈢　検問については、臨検ではなく行政指導で違法性は認められない。

（上告審）

上告審判決（上告人56名）が、同5年12月18日に最高裁第二小法廷であり、「検問、支出とも違法ではないとした第二審判決に誤りはない」として上告を棄却した。

6　結　果

勝訴した宮田村長は「最高裁の判決を尊重し、今後は行政に従ってほしい」と談話を発表したが、原告団の代表は「われわれは食管法や減反政策の是非を問い続けてきた。時代は我々の主張した方向に向かっており、裁判では負けたが、中身では勝った」と主張して行政に従わない方針を示した。

No. 4

第一次入植初年目

――試練を超えて――

新天地に第一歩を踏み入れた第一次入植者56名の精鋭。まさに入植の草分けであり、大潟村の扉を開いた人たちであった。理想に燃え、全国から集まった紅顔の美青年たち（平均年齢32歳）も半世紀近い時が流れた今、ほとんどが二世、三世への経営移譲が進み第一線から退いた。また、10名を超える方が鬼籍に入られた。

まったく未知の生活は、他の年次の入植者とは比較にならない苦労が伴ったことは言うまでもない。昭和43年――村の歴史に第一歩を刻んだ第一次入植者が織りなした初年目のドラマは、末永く後世に伝えなければならないであろう。

秋田魁新報では、昭和43年4月に「大潟村に試練の春」と題して13回、11月には「収穫を終えた大潟村」と題して12回の特集を組んでいる。当時34歳の青年記者が隣村の宮沢に宿泊し、毎日バイクで大潟村に通って取材を続けたものである。

この記事を基に、昭和62年発行の第一次入植20周年記念誌『風雪二十年』と合せながら、入植初年目の様子を探ってみたい。

協業の推進

〈第一次入植者の営農形態〉

八郎潟新農村建設事業団（以下、事業団）は、トラクター、コンバインなど大型機械を共有として営農グループ単位に譲渡し協業を図った。

協業は、経営の内容によって「部分協業」と「完全協業」に大別される。部分協業は大型機械での作業を共同とし、肥培管理、水管理は個人で行う方法であり、これに対して完全協業は、すべての作業を共同で行い、収入も平等に配分するという形態である。

各営農グループは、戸数別に集計すると、完全協業が39戸、部分協業が13戸、「トニーファーム」は完全協業をさらに発展させた農事組合法人の形態をとった。

グループの結成は、訓練中に行われ、気の合う仲間同士で進められた。その結果、10の営農グループが誕生し、それぞれニックネームが付けられた。このグループの概要と協業の内容は次のようであった。

百町歩農場＝訓練中の昭和41年12月、土地配分の概要が示されたが、隣接する2団地の圃場が、一方が45ha、他方が54haと大きな誤差があることが分かった（村史88ページ41年トピックス参照）。「これではあまりにも不公平」と騒動になった。議論の末、浮上した案が二つのグループを合体して10名構成とし、完全協業にすると格差が解消できるという方法であった。

これに応じたのが、鳥海村（現由利本荘市）出身者5名グループと湖東地区出身者5名グループであった。こうした経緯の下、百町歩農場が誕生した。

トニーファーム＝三重県出身者5名のグループで、いずれもアメリカ農業に従事した経験の持ち主であった。前述したように農事法人の方法をとった。

黎明(れいめい)農場＝県内出身者6名によるグループ。黎明は、新しい時代の始まりを意味するとともに、今後、有望品種として期待される〝レイメイ〟をも表していた。完全協業を選択。

マディー農場＝意味は泥んこ農場。県外出身者5名のグループで、2名は部分協業、3名は完全協業を選択し全面直播で臨んだ。

大潟農場＝九州、近畿出身者5名のグループ。船越薫、小山隆三、富田博文の三氏は訓練所終了とともに結婚式を挙げ、若さが看板だった。完全協業を選択。

太郎農場＝八郎潟の主、八郎太郎から名をとったグループ。県外出身者で完全協業を選択。

北斗農場＝北海道出身者を中心にした5名のグループ。北斗七星にあやかって名付けられた。3名は部分協業、2名は完全協業を決めた。

中央農場＝47歳で最年長の櫻庭幸太郎さん（大正10年生）、渡邊直治さん（大正11年生）の他、周辺出身者を中心に6名で構成。長年の農業経験から「現段階では経営の責任は各自が持ち、ある程度のメドがついたならば共同化に踏み切る」とし、部分協業を選択。

H8農場＝県内出身者6名で構成。特に愛称を付けず、圃場ナンバーをグループ名にした。完全協業を選択。

H13農場＝県外出身者5名で構成。特に愛称を付けず、圃場ナンバーをグループ名にした。部分協業で臨んだ。

直播への対応

協業とともに事業団の指導の一つに直播があった。事業団は、①全面作付けの場合は、75％程度を直播（50％乾田直播、25％湛水直播）とし、25％程度の移植を組み入れる。②50％以上休閑（休耕）の場合は、すべて直播とする。このような営農指導を行った。入植者は、②の営農形態は選択しなかったが、①については多くの人が受け入れた。

5月に入って待ちに待った太陽が顔を出し、本格的に土との闘いが始まった。直播の適期は5月10日前後、15日を過ぎれば秋の実りが不十分になると言われていた。

乾田直播は、畑状態に種を播くやり方で、トラクターが〝カメ〟（沈車）になる心配がなく、ドリルの播種機によって筋状に播かれるという利点があった。反面、乾燥が進まないと田んぼに入れなくなるという欠点があった。

湛水直播は、代掻きした状態に種を播く方法である。代掻きによって田んぼの均平が計られ、雑草の抑制に効果があったが、トラクターのカメの問題やヘリコプターによる播種は散播であるという欠点があった。条播にするため、多木式の直播機械（人力）を導入した人も数人いた。

天気具合、土壌具合によって予定の変更も多々考えられた。入植者たちは、最初の計画がダメなら別の方法で、それもダメなら次の手でと、二段、三段構えで臨んだ。

作付けが終了した段階で、事業団が集計した数字によると、479ha中、直播60・2％（288ha）、移植36・8％（176ha、うち機械移植57ha）、休閑3・0％（1・4ha）であった。

こうして苦闘の末、作付け作業を終えたのであったが、「一難去ってまた一難」。今度は直播の発芽不良、生育不良に突き当たったのである。原因は、天候不良（強風、低温）、完熟しない重粘土壌（通称・ヘドロ）が稲に馴染（なじ）まないことなどが主な原因であった（村史97ページ43年出来事参照）。

また、手で補植などをして手間取っている間に、雑草は時を待たなかった。気が付いた時は、ヒエ、ウキヤガラが大繁茂していたのである。

津島信男さんは「この1年は雑草との闘いだったと吐息をもらした」と語り（秋田魁新報）、入植者の親・鈴木勘六さんは「ヒエとウキヤガラが稲と見分けがつかぬほど大繁茂。連日大型バスに乗ってきた人夫たちによる手作業。炎天下に、ゴム合羽と特長グツのいでたちで、雑草をいっぱい入れた重い竹カゴを背負って、ガッポ、ガッポと圃場をこいで外に搬出した」と『風雪二十年』にグループの人たちの苦労を寄せている。

塾田化されない重粘土壌は、稲に生理障害を引き起こしたが、雑草はさすがに逞しかったようだ。現在のように効果の高い除草剤が開発されていなかったので、除草は人力に頼るしかなかった。

稲は実った

昭和43年の作況指数は、秋田県が116、全国が109と空前の大豊作になった。この豊作は好天気がもたらしたものであった。春から心配続きの大潟村の稲作も、この好天気によって回復し、予想を超える収穫を得ることができた。

しかし、収穫の喜びも束の間であった。5月から続いたアクシデントの連続で、入植者たちは精神も対人関係にも疲れ切っていた。そして、いつの間にかグループ内の人間関係に、隙間風が吹くようになっていたのであった。

「直播か移植か。水はどの程度入れるべきか。芽が出ない田んぼは移植に切り替えればよいのだろうか。もう1回除草剤の散布が必要でないだろうか。除草に人夫を頼むのもいい加減にしたらどうだろう……などなど未知の問題が次々に出てきた。どうすればよいのか誰も確信はない。一人一人の経験も違う。その度に意見が分かれた。議論に疲れ、感情的にもなった。議論しているよりも何か仕事をやろうぜ、いや今日はやめよう……議論だけで過ごした日々もあった」(秋田魁新報)。

入植時の生活

〈その1　砂塵が舞う住宅地〉

昭和42年10月27日、訓練所終了とともに入植者たちは、家族を連れて続々と三角屋根のマイホームに入居した。防風林はまだ小さく、夏場に住宅工事が行われたので周囲には草も生えていなかった。初年目の冬は、風が吹く度に砂が舞い上がった。『風雪二十年』からその声を紹介する。

「主人と二人、車に猫を乗せて岡山から二日がかりで来ました。南の国から急に北国に来たため、猫は屋根裏に隠れて2、3日出てきませんでした。家の中は、ドアの牛乳入れの隙間から入った砂で、どこも砂だらけでした」（杉原眞澄さん）。

〈その2　電話の設置は2戸だけ〉

電話は、佐々木勲一さん（西2―1）と高田文男さん（西2―2）の2戸だけにしか敷設されなかった。44年5月2日の全戸開通までの1年半は、不便な生活を送った。

〈その3　圃場1枚は2・5ha、格納庫は4グループで1棟〉

1次入植者の田んぼは1枚2・5haで配分された。均平が悪く実情に合わなかったので、事業団に交渉して畦畔を築いて1・25haに改造してもらった。2次入植以降は、1枚1・25haの区画で配分されるようになった（しかし、時代が変わり、現在は畦畔を取り除いて2・5ha圃場にする人が増えつつある）。

機械格納庫は4グループ1棟建ての設計で進められ、訓練生活の頃から譲渡拒否など再三交渉したが、受け入れてもらえなかった。しかし、2次入植以降は運動の成果が表れ、1グループ1棟建てとなった。

〈その4　宅地面積は500㎡〉

農家の場合、宅地面積が500㎡では狭いとして1000㎡の運動をしたが実現しなかった。しかし、3次以降は700㎡に拡大された。

〈その5　野石小学校、潟西中学校への通学〉

大潟小中学校の開校は、昭和43年11月1日。入植者の子弟たちは1年間、隣村の小中学校へ通学した。このことについては、村史総合年表の〝43年の出来事〟（99ページ）に記載されているので、ここでは『風雪二十年』から、山本宏さんが綴った当時の様子を紹介する（意訳）。

「父の入植に伴って大潟村に移り住んだのは、中学1年の11月3日であった。翌日から弟は野石小学校、私は潟西中学校に通うことになった。晴れた日は自転車で、雨の日は親たちが交代で送ってくれた。次第に子供たちの人数が増え、12月10日だったと思うが、待望のスクールバスでの通学が始まった。（中略）4月になり進級すると、村の仲間のほとんどがクラブ活動に励み、朝の通学はみんなで競争しながら自転車をこいだ。悪天候の日はスクールバスを利用し、帰りはクラブ活動を終えるとバスに間に合わないので、運行が始まった定期バスを利用したり、歩いたりして帰宅した。野石を過ぎればほとんどの車が便乗させてくれた」（略）。

追悼のことば

この本を編集しているさなかの令和3年3月10日、60年間付き合った無二の親友・工藤賢一さんが突然冥界に旅立ってしまいました。そして20日後の3月30日、今度は入植以来大変お世話になった隣家の佐々木マサさんがお亡くなりになりました。

巻末になりましたが、お二人の永遠の別れを悼み、お別れのことばを記しました。


工藤さん、こうして貴方にお別れの言葉を申し上げなければならないとは夢にも思っていませんでした。それが夢ではなく現実となって私は今、ここに立っています。

思えば、貴方と初めてお会いしたのは、60年前の昭和37年11月15日でした。東由利町にある法内小学校高村分校の代用教員に依頼され、17日の分校の開校式に向けて、校長先生から二日間、二人で分校教育の心得を色々教わりました。初めて会った時の印象は、にこにこして円満な人柄がにじみ出ていました。工藤賢一さんとは、どんな方だろうと心配していた私は、あゝ、いい人と一緒になって良かった。この人となら、うまくやっていけるなと思いました。弱冠二十歳、青二才教師のスタートでありました。

そして、昭和44年3月までの7年間、古びた小さな教員室兼宿直室で、二人で自炊をしながら20数名の子供たちと過ごしました。

高村分校での7年間は、「賢さん」「晃さん」と呼び合い、兄弟のような感じで仲良く過ごしました。それ以来、私たちは今まで賢さん、晃さんという仲で日々を送ってきました。

私たちは教師といっても、本業は農業でしたから、夜になると良く農業について語り合いました。「山間地の農業には明るい希望が持てない」「ここにへばりついていても、いずれダメになるのでないだろうか」と何時もこのような深刻な話になりました。そして結論として出したのが、八郎潟干拓の入植でした。私はそれまで、八郎潟の詳しい内容は知りませんでした。私の耳に入ってくる話は「土がドロドロして機械が入れず、田んぼになるような所ではない」という悪い情報ばかりでした。しかし、貴方は、「いやそうでないよ。年々乾燥が進み、将来は立派な田んぼになる。このチャンスを今活かさないでどうする」と熱っぽく語ってくれました。私はこの熱意に感化され「よーし、オレも八郎潟に行く、一緒に入植しよう」と決意したのです。忘れもしません。それは雪深い東由利の里にも微かに春の声が聞こえるようになった、昭和44年3月1日の夜のことでした。

そして、その年の11月、貴方も私も運よく合格し、入植訓練所に入り、由利郡出身の仲間たちと一緒に由利農場を結成しました。6人のグループだったので、時には意見が合わないこともありました。その都度、貴方は、「まあまあ、そう言わずお互いに譲り合ってこのようにしてやっていこうよ」と両者を取り持って問題を解決してくれました。持って生まれた温和な人柄、いわゆる仁徳がそうさせたものであります。このように貴方は、他人にはない優れた調整力の持主でした。

この能力が多くの人たちに評価され、大潟村小学校PTA会長や大潟村農協理事などの要職にも推されることになったのであります。

一昨年の令和元年は、四次入植者の50周年記念の年でありました。貴方も私も実行委員に選ばれ、諸事業の準備に携わりました。そして、昨年1月23日、50周年のすべての事業を無事に終え、実行委員会の解散と慰労会を行いました。乾杯の後、私はすぐ貴方の席に行って、「賢さんに入植を誘ってもらわなかったら、このように50周年を迎えることができなかった。本当に感謝しているよ」と言いました。貴方は「そう言ってもらえると有り難い。オマエに誘われて大潟村に来て大失敗したと言われると顔向けができないからな…」と笑って話してくれましたね。その時、貴方とこう約束しました。

「高村分校に最初に行った時の6年生は、もう古希――70歳になった。また、最後の年の一年生でも還暦を迎えてしまった。時が大きく流れてしまったね。今は、貴方も私も息子に経営移譲し、田んぼにあまり行かなくてもよくなったので、これからは、教え子たちを回り、思い出話をしながらゆっくり老後を過ごそうよ」と言ってお互いに固く手を握り合いましたね。しかし、これが実行されないまま、1年ちょっとで貴方は違う世界に旅立ってしまいました。本当に残念でなりません。

私の人生行路を大きく変えてくれた工藤賢一さん、60年間、本当にお世話になりました。有り難うございました。安らかにお眠りください。さようなら。

合掌

令和3年3月15日

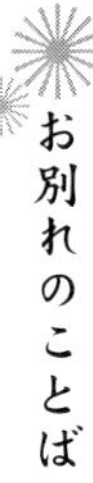

お別れのことば

隣のお婆さん、貴女様は大正、昭和、平成、令和と四代に渡り一世紀の人生を歩んで来られました。

この一世紀は、戦前、戦中、戦後と世の中が大きく変わった時代でありました。この荒波を乗り越えて、百歳に届くところまで歩んでこられたマサお婆さん、本当にご苦労様でした。

お婆さんと最初にお会いしたのは、50年前の昭和45年11月初めでした。私たち四次入植者は10月30日に入植訓練所を終了し、11月に入ると、それぞれ三角屋根の住宅に入居しました。

私たち由利農場6人はみんな両親がいましたが、親たちは古里の残務整理などのため、2、3年遅れて大潟村に移られました。私の場合も同様でした。このような中で佐々木さん一家だけは、11月早々家族揃って大潟村に引っ越しされました。この時、私はまだ独身でしたので、一人で古里から荷物を運んだり、12月の結婚式の準備などをしていました。

佐々木さんのご両親と初めてお会いしたのは小春日和の穏やかな日でした。「これからは隣同士になるのでよろしく」とお互いに挨拶を交わしました。その時、お婆さんは「何にも分からない者なので、なんぼかお世話になるやら…」と話してくれました。とても実直そうで、気さくな方だなあーと感じたことが今も忘れません。

そして12月8日、私は結婚し夫婦二人で暮らすようになりましたが、私は古里の残務整理のため、時々家を空けることがありました。そうすると妻は、夜に一人になるのが怖いと言っていました。私は隣のお婆さんに頼んでみたらと話しました。この時の様子を妻は「四次入植五十周年記念誌」に次のようにつづっています。「私は夫が訓練所を終え、三角屋根に入居した昭和45年12月に結婚しました。義父母がまだ大潟村に来ていなかったので、夫が古里に手伝いに行くと独りぼっちになり、夜が怖くて、隣のお婆さんを頼んで、布団を並べて寝たことが懐かしく思い出されます」と。このようなことが数回あったと思います。

このように、お婆さんは気軽に話を掛けやすい人柄であったし、頼まれると真剣に相談に乗ってくれる人でしたので、みんなから好かれる方でした。

また、お婆さんは働くことがとても好きな方でした。朝早くから夜遅くまで、野菜作りをしていたことが印象に残っています。どんな小さなことでも力の出し惜しみすることなく、何事も全力で物事を実行するという人間の模範とも言える方でした。動けなくなるまで全力で動き続けた一世紀の人生だったと思います。本当にご苦労さまでした。
お婆さんは多くの孫やひ孫に恵まれました。そしてこの人たちは、各地、各方面で頑張っておられます。佐々木家の基礎を築かれたお婆さん、どうぞ安らかにお眠りください。さようなら。

合　掌

令和3年4月3日

❦

著書及び執筆に携わった本

1. 祝沢・分校と部落のあゆみ

平成6年（1994）12月発行
Ｂ5判・132頁／私家版

祝沢分校は、私が6年間学んだ学校である。明治35年（1902）開校、昭和53年（1978）に閉校した。同窓生や先生方の寄稿や60枚余の写真を掲載。

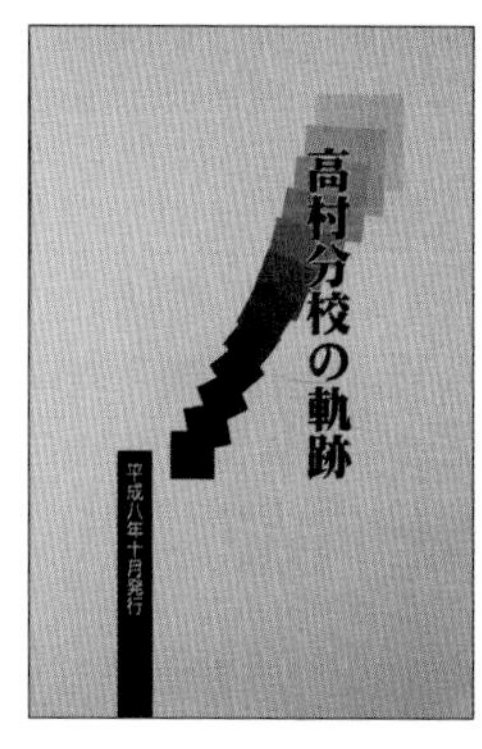

2. 高村分校の軌跡

平成8年（1996）10月発行
Ｂ5判・104頁／私家版

高村分校は、私が昭和37年（1962）から同44年3月まで勤務した冬季分校である。祝沢分校同様、同窓生や先生方から寄せられた思い出の文や写真も多く掲載。

3. 秋田・消えた村の記録

平成9年（1997）11月
Ａ5判・262頁／無明舎出版より発刊

高度経済成長は、人々の暮らしに豊かさをもたらすと同時に、深刻な過疎化現象を引き起こした。時代の波に呑み込まれて消えていった124集落を掲載。

4. 秋田・消えた分校の記録

平成13年（2001）9月
Ａ5判・302頁／無明舎出版より発刊

戦後、県内から消えてしまった144の分校を訪ねて記録した。沿革、児童数、往時の写真、跡地写真などを収載した。

5. 小松音楽兄弟校歌資料

平成15年（2003）11月発行
Ｂ5判・140ページ／私家版

小松音楽兄弟は、耕輔・三樹三・平五郎・清の4兄弟を呼び、私の古里・東由利生まれの音楽家である。兄弟が作曲した全国の小・中・高の校歌213曲を収集。

6. 秋田・消えた開拓村の記録

平成17年（2005）11月発行
Ａ5判・266ページ／無明舎出版より発刊

戦後、県内には275地区に開拓団が入植した。このうち75の集落（地区）が無人になっていたので、このすべてを地形図と往時の写真も多く収集して掲載。

7. 伊能忠敬の秋田路

平成22年（2010）4月発行
四六判・220ページ／無明舎出版より発刊

伊能忠敬が率いる測量隊が秋田を訪れたのは享和2年（1802）だった。秋田には39日滞在し、25軒に宿泊、5軒に休憩した。これらの家々の現在の状況を掲載。

8. 秋田・羽州街道の一里塚

平成25年（2013）12月発行
四六判・198ページ／秋田文化出版より発刊

羽州街道は藩政時代の道筋である。秋田県内には64カ所に一里塚があった。不詳となっている38カ所を含め、64カ所すべてを調査して記録。

9. 秋田・消えゆく集落180

平成29年(2017)1月発行
四六判・238ページ/秋田文化出版より発刊

「秋田・消えた集落の記録」が絶版となり、再版を望む多くの人たちの声に応えて、新たに見つかった32集落を加え、計180の廃村(無人集落)を収載。

10. 秋田・ダム湖に消えた村

平成29年(2017)6月発行
四六判・124ページ/秋田文化出版より発刊

県内の9カ所のダムで、33集落が移転した。今は湖底となった地には、祖先から受け継いできた人々の素朴な暮らしがあった。往時の写真を集めた記録写真集。

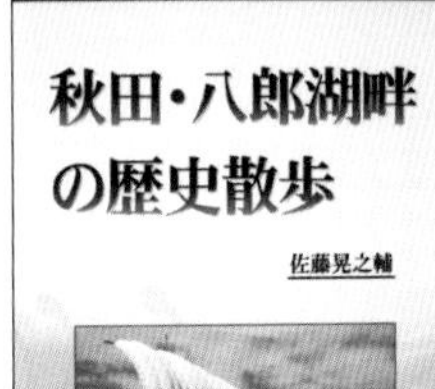

11. 秋田・八郎湖畔の歴史散歩

平成30年(2018)11月発行
四六判・228ページ/秋田文化出版より発刊

八郎湖畔に所在する資料館、河川、遺構(原始、古代、中世)、板碑、中世の城址、神社、寺院、遺構、文化財、巨木・古木、石碑・石造物などを収録。

12. 秋田・ムラはどうなる

令和2年（2020）12月発行
四六判・248ページ／秋田文化出版より発刊

秋田県の人口は約30％減少、児童数は約80％減少、このままではムラが消滅しかねない!! ムラ再生のカギは「働く場を創出」する以外にないと問題を提起。

13. 大潟村史

平成26年（2014）10月発行
Ａ5判・948ページ／発行・大潟村

大潟村の誕生は昭和39年（1964）10月1日。村史は村創立50周年事業の一つとして発刊。私は編集委員として携わるとともに、4項目の執筆も担当。

14. 第四次入植50周年記念誌 湖底の故郷 悠久なり

令和元年（2019）12月発行
Ａ5判横型・83ページ
発行・50周年記念実行委員会

第四次入植者が、入植訓練所の門をくぐったのは昭和44年（1969）11月。50年間を文章、写真、資料などで紹介。不肖ながら編集委員長を務めさせてもらった。

おわりに

私が大潟村で営農を開始したのは昭和46年（1971）である。その1、2年後に同じ4次入植者の坂本進一郎さんが、『八郎潟干拓地からの報告』『大潟村農民新生への道』などを出版した。私は「農民でも本を出すことができるんだな」と驚くとともに、「自分もいつか坂本さんのように本を作ってみたい」と仄かな夢を抱いた。

この夢が少しずつ実現するようになったのは、「はじめに」で述べたように平成になってからである。そして、今までどうにか12冊の本を出すことができた。農作業の合間だったので忙しい毎日であった。

農業から離れ、ようやく好きな本作りができるようになったのは、平成29年（2017）からである。息子夫婦が「これからは自分たちが主体に田んぼをやるから、父さんは今まで一生懸命働いてきたので、後は自分の好きなことをやって、ゆっくり過ごしたらいいのでは……」と言ってくれた。本当にありがたい言葉だった。「よーし、これからは思うままやれるぞ」と思って喜んだが、よく考えてみると、今年の正月で傘寿（数え80歳）を迎え、とてもそのような年齢ではないことに気が付いた。私が次に構想を練っていたのは、「力試し石」と「巨石・巨岩」であったが、残念ながら断念することにした。

このようなことから、本作りは今回で区切りをつけたいと思っている。石や岩は、後を継いでくれる人を捜しているところである。

今回の出版に当たり、前回の「秋田・ムラはどうなる」同様、秋田文化出版社の社員の皆様のお世話になった。厚くお礼申し上げます。

著　者

令和3年初夏

❖著者略歴

佐藤晃之輔
さとうこうのすけ

1942年
秋田県由利本荘市東由利老方字祝沢に生まれる
1970年11月
第4次入植者として大潟村に移る。農業。

〈所属団体〉 秋田ふるさと育英会代表
秋田県発明協会会員
秋田県文化財保護協会会員
秋田県歴史研究者・研究団体協議会会員
菅江真澄研究会会員

〈著　書〉 297頁に掲載

佐藤晃之輔 原点マップ

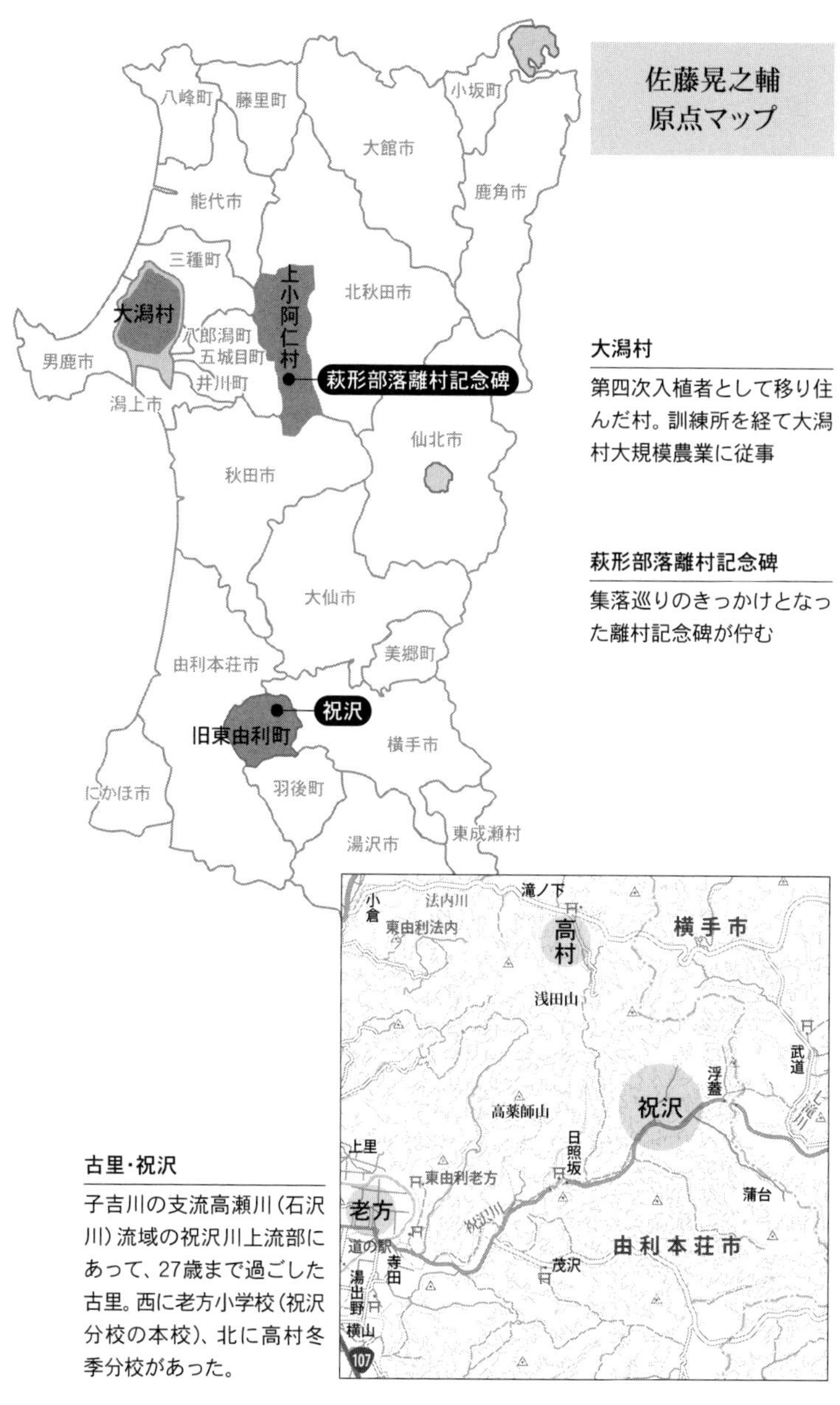

大潟村

第四次入植者として移り住んだ村。訓練所を経て大潟村大規模農業に従事

萩形部落離村記念碑

集落巡りのきっかけとなった離村記念碑が佇む

古里・祝沢

子吉川の支流高瀬川（石沢川）流域の祝沢川上流部にあって、27歳まで過ごした古里。西に老方小学校（祝沢分校の本校）、北に高村冬季分校があった。

大潟村一農民のあれこれ
二〇二一年六月二二日　初版発行
定価　一六五〇円（税込）
著　者　佐藤　晃之輔
発　行　秋田文化出版株式会社
〒〇一〇―〇九四二
秋田市川尻大川町二―八
ＴＥＬ（〇一八）八六四―三三二二（代）
ＦＡＸ（〇一八）八六四―三三二三
＊

ISBN978-4-87022-597-8
地方・小出版流通センター扱